STAR WARS™

JEDI-PADAWAN

DIE RÄCHER DER TOTEN

Band 5

Jude Watson

Dino

Die Deutsche Bibliothek – CIP-Einheitsaufnahme

Ein Titeldatensatz für diese Publikation ist bei der Deutschen Bibliothek erhältlich.

*Dieses Buch wurde auf chlorfreiem,
umweltfreundlich hergestelltem
Papier gedruckt.*

In neuer Rechtschreibung.

Deutsche Ausgabe 2000 by Dino entertainment AG,
Rotebühlstraße 87, 70178 Stuttgart

Übersetzung: Dominik Kuhn, Reutlingen
Umschlaggestaltung: tab werbung GmbH, Stuttgart,
basierend auf dem US-Cover von Madalina Stefan und Cliff Nielsen
Satz: Greiner & Reichel, Köln
Druck: Ebner & Spiegel, Ulm
ISBN: 3-89748-205-3

Dino entertainment AG im Internet: www.dinoAG.de
Bücher – Magazine – Comics

Kapitel 1

Der Raumjäger schoss dicht über der Oberfläche von Melida/Daan dahin. Auf dem rauen Gelände dort unten standen gewaltige Gebäude aus dunklem Stein, in riesigen, perfekten Quadraten angeordnet. Fenster oder Türen waren keine zu sehen.

Obi-Wan Kenobi betrachtete sie durch die Sichtscheibe, während er den Jäger steuerte. „Was könnte das Eurer Meinung nach sein?", fragte er Qui-Gon Jinn. „Ich habe so etwas noch nie gesehen."

„Ich weiß es nicht", antwortete der Jedi-Ritter. Er beobachtete die Landschaft mit seinen stechend blauen Augen. „Vielleicht Lagerhäuser. Oder militärische Anlagen."

„Dort könnten Ortungseinrichtungen versteckt sein", gab Obi-Wan zu bedenken.

„Ich habe nichts auf dem Scanner. Aber lass uns sicherheitshalber tiefer fliegen."

Ohne langsamer zu werden lenkte Obi-Wan den Jäger dichter an die Planetenoberfläche heran. Eine Landschaft voller Steine glitt am Sichtfenster vorüber. Obi-Wan hielt die Hände bei aufgedrehtem Triebwerk fest an den Kontrollen. Die kleinste falsche Bewegung könnte zum Absturz führen.

„Wenn wir noch etwas tiefer gehen, kann ich eine Molekularanalyse der obersten Bodenschicht vornehmen", bemerkte Qui-Gon vom Kopilotensitz aus. „Du fliegst zu tief für diese Geschwindigkeit, Padawan. Wenn uns ein Felsblock in die Quere kommt, gibt es eine außerplanmäßige Bruchlandung."

Sein Tonfall war milde, doch Obi-Wan wusste, dass Qui-Gon keine Widerrede akzeptieren würde. Obi-Wan war Qui-Gons Schüler und eine der Jedi-Regeln war, dass die Anweisung eines Meisters nicht in Frage gestellt wurde.

Widerwillig zog Obi-Wan die Kontrollen leicht zurück. Der Raumjäger stieg ein paar Meter höher. Qui-Gon sah ständig nach vorn, noch immer nach einem Landeplatz suchend. Sie erreichten die Außenbezirke von Zehava, der Hauptstadt des Planeten Melida/Daan. Es war äußerst wichtig, dass ihre Ankunft unbemerkt blieb.

Der blutige Bürgerkrieg auf Melida/Daan tobte schon seit dreißig Jahren. Er war die Fortsetzung eines Konflikts, der Jahrhunderte alt war. Die zwei sich bekriegenden Völker, die Melida und die Daan, konnten sich nicht einmal über den Namen ihres Planeten einigen. Die Melida nannten ihn Melida und die Daan nannten ihn Daan. Als Kompromiss benutzte der Galaktische Senat beide Namen mit einem Schrägstrich.

Jedes Dorf und jede Stadt auf dem Planeten war heiß

umkämpft, in dauernden Kämpfen wurden Territorien gewonnen und wieder verloren. Die Hauptstadt Zehava war fast immer belagert, da sich die Grenzen zwischen Melida und Daan ständig veränderten.

Obi-Wan wusste, dass sich der Jedi-Meister Yoda auf ihren Erfolg in dieser Mission verließ. Er hatte sie unter den vielen Jedi mit Bedacht ausgewählt. Diese Mission war ihm wichtig. Wochen zuvor war eine der besten Schülerinnen, die Jedi-Ritterin Tahl, als Friedenswächter nach Melida/Daan gekommen.

Tahl war unter den Jedi-Rittern für ihre diplomatischen Fähigkeiten bekannt. Die beiden verfeindeten Seiten hatten kurz vor einer Einigung gestanden, als der Krieg wieder ausgebrochen war. Tahl war schwer verwundet und von den Melida gefangen genommen worden.

Nur Tage zuvor war es Yoda gelungen, eine Nachricht zu seinem ursprünglichen Mittelsmann zu schicken, einem Melida namens Wehutti. Wehutti hatte zugestimmt, Obi-Wan und Qui-Gon in die Stadt zu schleusen und ihnen bei Tahls Freilassung zu helfen.

Obi-Wan wusste, dass die vor ihnen liegende Mission schwieriger und gefährlicher als üblich war. Dieses Mal waren die Jedi nicht eingeladen worden, um einen Streit beizulegen. Sie waren nicht willkommen. Der letzte Jedi-Gesandte war gefangen genommen, vielleicht sogar getötet worden.

Er schaute zu seinem Meister hinüber. Qui-Gons ruhiger, stetiger Blick schweifte über die Landschaft vor ihnen. Obi-Wan konnte nicht erkennen, ob er angespannt oder besorgt war.

Zu den vielen Dingen, die Obi-Wan an seinem Meister bewunderte, zählte seine Ausgeglichenheit. Er hatte Qui-Gons Padawan werden wollen, weil der Jedi wegen seines Mutes, seiner Fähigkeiten und seiner Beherrschung der Macht bewundert wurde. Auch wenn sie manchmal Meinungsverschiedenheiten hatten, empfand Obi-Wan tiefen Respekt für den Jedi-Meister.

„Siehst du diese Schlucht?“, fragte Qui-Gon, der sich nach vorn lehnte und darauf deutete. „Wenn du zwischen den Wänden landen kannst, können wir den Raumjäger dort verstecken. Es wird allerdings eng.“

„Kein Problem“, meinte Obi-Wan. Er behielt die Geschwindigkeit bei und startete den Senkflug.

„Langsamer“, warnte Qui-Gon.

„Ich schaffe es“, versprach Obi-Wan und biss die Zähne zusammen. Er war einer der besten Piloten im Jedi-Tempel gewesen. Warum musste ihn Qui-Gon immer wieder zurechtweisen?

Er zischte durch die schmale Öffnung, nur einen Zentimeter Platz auf jeder Seite. Doch im letzten Augenblick – zu spät – sah er, dass eine der Klippen einen schmalen Vorsprung hatte. Ein ächzendes Geräusch erfüllte das Cockpit, als eine Seite des Jägers daran entlang kratzte.

Obi-Wan setzte den Jäger auf und fuhr die Maschinen herunter. Qui-Gon wollte er lieber nicht ansehen. Doch er wusste, was es bedeutete, ein Jedi zu sein: Die Verantwortung für jeden Fehler zu übernehmen. Sein Blick wanderte beschämt zu Qui-Gon.

Er war erleichtert, als er sah, dass Qui-Gon eher belustigt schien. „Ich bin froh, dass wir nicht versprochen haben, den Raumjäger ohne Kratzer zurückzubringen", sagte er.

Obi-Wan grinste. Sie hatten den Transporter von Königin Veda auf dem Planeten Gala ausgeliehen, wo sie ihre letzte Mission erfolgreich abgeschlossen hatten.

Als sie aus dem Raumjäger in das steinige Gelände von Melida/Daan hinunterkletterten, hielt Qui-Gon inne. „Es gibt eine große Erschütterung in der Macht auf dieser Welt", stellte er fest. „Dieser Ort wird von Hass beherrscht."

„Ja, ich fühle es", sagte Obi-Wan.

„Wir müssen hier sehr vorsichtig sein, Padawan. „Wenn ein Ort von so viel unkontrollierten Gefühlen erfüllt ist, ist es schwer, neutral zu bleiben. Erinnere dich immer daran, dass du ein Jedi bist. Du bist hier, um zu beobachten und zu helfen, wo du kannst. Unsere Mission ist es, Tahl zum Tempel zurückzubringen."

„Ja, Meister."

Das Unterholz war dicht und voller Blätter. Sie konnten einfach große Äste abreißen und den Raumjäger damit abdecken. So war er aus der Luft nicht mehr sichtbar.

Mit geschulterten Survival-Packs gingen die beiden Jedi zum Stadtrand von Zehava. Man hatte sie instruiert, sich von Westen zu nähern, wo sie Wehutti an einem von den Melida kontrollierten Tor treffen würden.

Der Weg durch die Hügel und Schluchten war staubig. Doch schließlich erschienen die Türme und Gebäude der von einer Mauer umsäumten Stadt vor ihnen. Sie waren der Hauptstraße fern geblieben und jetzt sahen sie von einer nahe gelegenen Klippe auf die Stadt hinunter.

Obi-Wan hielt sich dicht am Boden und scannte die verfallenen Vorstädte ab. Es waren keine Leute auf der Straße zu sehen. Es gab nur einen Zugang zur Stadt an der Hauptstraße. An dem Durchbruch in der dicken Mauer stand ein Wachhaus. Es war gespickt mit Laserkanonen, die auf die Stadt gerichtet waren. Zwei große Deflektor-Türme flankierten das Wachhaus. Hinter der Mauer waren Häuser zu sehen, die an den steilen Hügeln der Stadt klebten. Dicht an der Mauer lag ein langes, niedriges Gebäude aus schwarzem Stein, ohne Fenster oder Türen.

„Das ist eine kleinere Ausgabe der viereckigen Gebäude, die wir aus der Luft gesehen haben“, bemerkte Obi-Wan.

Qui-Gon nickte. „Es könnte ein Militärgebäude sein. Und die Deflektor-Türme bedeuten, dass dort ein Partikelschild aufgebaut ist. Wenn wir versuchen, ohne Genehmigung einzudringen, werden wir mit Laserfeuer beschossen.“

„Was sollen wir tun?“, fragte Obi-Wan. „Wir müssen warten, bis wir sicher sein können, dass Wehutti da ist.“

Qui-Gon griff in sein Survival-Pack und holte ein Elektro-Fernglas heraus. Er stellte es auf das Wachhaus ein. „Ich habe noch schlechtere Neuigkeiten“, sagte er. „Ich sehe eine Daan-Flagge. Das bedeutet, dass jetzt die ganze Stadt von den Daan kontrolliert wird, zumindest aber der Eingang.“

„Und Wehutti ist ein Melida“, brummte Obi-Wan. „Also gibt es keine Möglichkeit hineinzukommen.“

Qui-Gon robbte zurück, um außer Sicht zu gelangen. Er steckte das Elektro-Fernglas wieder in die Tasche. „Es gibt immer einen Weg, Padawan“, meinte er. „Wehutti hat uns gesagt, wir sollen aus Westen kommen. Wenn wir der Stadtmauer folgen, könnten wir einen unbewachten Bereich finden. Vielleicht hält er Ausschau nach uns. Wenn wir einmal von diesem Wachturm weg sind, können wir auch näher herangehen.“

Sich immer im Schutz des Schattens der Felsen haltend, arbeiteten sich Obi-Wan und Qui-Gon langsam an der Stadtmauer entlang. Als sie außerhalb der Sichtweite des Wachhauses waren, gingen sie näher heran. Qui-Gons aufmerksame Augen taxierten auf der Suche nach einem Durchgang jeden Meter der Mauer. Obi-Wan wusste, dass er die Macht benutzte, um den vor ihnen liegenden Weg zu überprüfen, in der Hoffnung, eine Unterbrechung in dem Partikelschild zu spüren. Obi-Wan versuchte, dasselbe zu tun, doch er konnte nur leichten Widerstand ertasten.

„Warte“, sagte Qui-Gon plötzlich. Er hielt an und hob

eine Hand. „Hier. Da ist eine Unterbrechung im Schild."

„Da ist noch eines dieser schwarzen Gebäude", bemerkte Obi-Wan. Das lange, flache Gebäude lag dicht an der Stadtseite der Mauer.

„Ich weiß noch immer nicht, wofür sie da sind, aber wir sollten ihnen lieber aus dem Weg gehen", merkte Qui-Gon an. „Wir überqueren die Mauer bei den Bäumen da drüben."

„Wir werden die Macht brauchen", sagte Obi-Wan und beäugte die hohe Mauer.

„Ja, aber ein Carbonseil würde auch helfen", meinte Qui-Gon lächelnd. Er legte sein Survival-Pack ab und beugte sich darüber, kramte darin herum. „Deines brauchen wir auch, Padawan."

Obi-Wan ging zu Qui-Gon, nahm seine Tasche von der Schulter und legte sie auf den Boden. Plötzlich traten seine Stiefel auf etwas, was ein metallisches Geräusch erzeugte. Er sah nach unten und bemerkte, dass er ein wenig Erde von einer Metallplatte entfernt hatte. „Seht her, Meister", sagte er. „Was könnte das …"

Er hatte keine Möglichkeit, seinen Satz zu beenden. Mit einem Mal schossen Energiebalken aus dem Boden hervor und schlossen sie ein. Bevor sie sich bewegen konnten, glitt die Metallplatte auf und sie fielen in einen Abgrund.

Kapitel 2

Obi-Wan fiel durch eine Art Metallrohr. Er versuchte, seinen Sturz mit den Hacken zu bremsen, doch sie ratterten nur an der rauen Metalloberfläche entlang. Er fiel immer schneller hinab und holperte vorwärts, schlug sich den Kopf an der Röhrenwand an und landete schließlich auf einem harten Erdboden.

Einen Moment lang lag er benommen da. Qui-Gon stand sofort auf den Beinen, das Lichtschwert in den Händen. Er beugte sich über Obi-Wan, da er nicht sicher war, ob er Schutz brauchte.

„Alles in Ordnung", sagte Obi-Wan. Sein Kopf wurde wieder klar. Er stand auf und griff dabei nach seinem Lichtschwert. „Wo sind wir?"

„In einer Art Zelle", gab Qui-Gon zurück. Sie waren von glatten Durastahl-Wänden umgeben. Obi-Wan konnte weder einen Spalt noch eine Öffnung darin erkennen.

„Wir sind gefangen", stellte er fest. Seine Stimme hallte von den Wänden zurück.

„Nein, Padawan", sagte Qui-Gon ruhig. „Es gibt mehr als einen Eingang zu dieser Zelle."

„Woher wisst Ihr das?"

„Weil wir nicht die Ersten sind, die hineingefallen sind." Qui-Gon untersuchte den winzigen Raum, wobei er sein Lichtschwert als Beleuchtung benutzte. „Die Röhre, die wir hinuntergefallen sind, ist verbeult und auf dem Boden erkenne ich Fußstapfen. Die Anderen müssen irgendwie herausgeholt worden sein und das wäre auf dem Weg, den wir gekommen sind, unmöglich. Diese Falle wurde gebaut, um zu fangen, nicht um zu töten. Es muss noch einen anderen Ausweg geben. Abgesehen davon", fügte er hinzu, „gibt es hier keine Knochen oder andere Überreste. Das bedeutet, dass, wer auch immer diese Falle gebaut hat, er die herausholt, die er gefangen hat."

„Hoffentlich", murmelte Obi-Wan. Sein Magen knurrte und er wünschte, er hätte Zeit gehabt, etwas zu essen, bevor er den Raumjäger verlassen hatte. „Ich habe mein Survival-Pack verloren", sagte er zu Qui-Gon. „Es liegt irgendwo oben."

„Meines auch. Wir müssen unsere Lichtschwerter benutzen", gab Qui-Gon zurück.

Obi-Wan hatte eher Essen als Beleuchtung im Sinn, doch er folgte Qui-Gons Beispiel und aktivierte sein Lichtschwert. Er hielt es dicht an die Wände und untersuchte sie. Als er damit beschäftigt war, fühlte er, wie die Macht zwischen ihnen floss und den Raum erfüllte.

Er sah die kleinsten Unregelmäßigkeiten an den scheinbar glatten Wänden. Er suchte nach einem versteckten

Spalt und war nun sicher, einen zu finden. Er musste nur auf die Macht vertrauen.

Als er noch Schüler im Tempel gewesen war, schien die Macht für ihn etwas Mysteriöses zu sein. Er wusste, dass er empfänglich dafür war – daher war er auch als Kind ausgewählt worden, um im Tempel zu studieren. Doch während seines Trainings hatte er die Macht oft als unbegreiflich und unzuverlässlich empfunden. Er konnte sie erfassen, aber nicht jedes Mal, wenn er es wollte. Und auch wenn es ihm gelang, konnte er sie nicht kontrollieren.

Bei Qui-Gon hatte er gelernt, dass es nicht seine Aufgabe war, die Macht zu kontrollieren, vielmehr musste er sich mit ihr vereinen. Jetzt konnte er sich darauf verlassen, dass sie ihn führte, ihm Kraft und Weitsicht gab. Er begann zu verstehen, wie tief sie pulsierte, wie beständig ihre Gegenwart war. Als Jedi hatte er immer währenden Zugang zu ihr. Es war das größte Geschenk, das er sich vorstellen konnte.

„Hier", sagte Qui-Gon ruhig.

Zuerst fiel Obi-Wan nichts auf. Doch dann bemerkte er einen winzigen, haarfeinen Spalt in der glatten Oberfläche der Wand.

Qui-Gon strich mit der Hand über die Naht. „Natürlich ist der Schlossmechanismus auf der anderen Seite", grübelte Qui-Gon. „Ich nehme an, dass er blastersicher ist. Aber ich nehme auch an, dass hier noch keine Jedi gefangen waren."

Obi-Wan und Qui-Gon führten die Strahlen ihrer Lichtschwerter durch den Umriss der Tür. Die Klingen schnitten durch das Metall, das sich wie ein weiches, grünes Blatt zurückrollte. Eine schmale Öffnung bildete sich.

Qui-Gon zwängte sich hindurch und Obi-Wan folgte ihm. Er fand sich in einem kurzen, engen Tunnel wieder, der, wie ihm schien, in einen riesigen Raum führte. Dort war es vollkommen dunkel. Eine solch schwarze Dunkelheit, dass sie nicht einmal Schatten warf. Die tiefe Dunkelheit schien sogar das Glühen seines Lichtschwerts zu absorbieren.

Sie hielten an und lauschten aufmerksam. Doch kein einziges Geräusch war in dem Raum zu vernehmen. Obi-Wan konnte nicht einmal sein eigenes Atmen hören oder das von Qui-Gon. Jedi waren darauf trainiert, auch unter Druck oder Stress ihren Atem zu verlangsamen, um keine Geräusche zu verursachen.

„Ich glaube, wir sind allein", sagte Qui-Gon leise. Seine Stimme hallte wider und bestätigte damit Obi-Wans Annahme, dass sie sich in einem weiten, offenen Raum befanden.

Sie gingen weiter, die Lichtschwerter in Abwehrposition. Obi-Wan fühlte einen Schweißtropfen seinen Hals hinab in den Kragen rollen. Hier war etwas nicht in Ordnung. Das spürte er.

„Die Macht ist dunkel", murmelte Qui-Gon. „Böse. Und doch fühle ich hier keine lebendige Macht."

Obi-Wan nickte. Er hätte nicht genau sagen können,

was er fühlte. Aber Qui-Gon war in der Lage dazu. Etwas sehr Starkes, Böses war hier, obwohl er um sich herum keinen Impuls von etwas Lebendigem spürte.

Obi-Wans Fuß stieß gegen einen Vorsprung, den er nicht sehen konnte. Er streckte seine Hand aus, um sich an einer Steinsäule abzustützen. In diesem Sekundenbruchteil bemerkte er eine blitzschnelle Bewegung zu seiner Rechten.

Er wirbelte mit erhobenem Lichtschwert herum. Ein Krieger kam schnell aus der tiefen Dunkelheit auf ihn zu, sein Blaster war genau auf Obi-Wans Herz gerichtet.

Kapitel 3

Obi-Wan sprang vor und stieß mit dem Lichtschwert zu. Der Strahl traf weder Fleisch noch Blut, er durchdrang die Gestalt, ohne Schaden anzurichten.

Überrascht wirbelte Obi-Wan nach links, um eine weitere Attacke zu starten, doch Qui-Gon hielt ihn zurück.

„Du kannst gegen diesen Feind nicht kämpfen, Padawan", erklärte Qui-Gon.

Obi-Wan sah genauer hin. Der Krieger, so konnte er jetzt sehen, war ein Hologramm.

Plötzlich donnerte eine Stimme los. „Ich bin Quintama, Captain der Melida-Befreiungsmacht. Morgen wird der einundzwanzigste Kampf um Zehava beginnen. Er wird unsere Daan-Feinde ein für alle Mal der Vernichtung anheim geben und wir werden einen glorreichen Sieg erringen. Wir werden die Stadt zurückerobern, die wir vor tausend Jahren gegründet haben. Alle Melida werden in Frieden leben."

„Der einundzwanzigste Kampf um Zehava?", flüsterte Obi-Wan Qui-Gon zu.

„Die Stadt ist im Laufe der Jahre immer wieder in andere Hände gefallen", merkte Qui-Gon an. „Sieh dir seinen Blaster an. Ein altes Modell. Ich würde sagen, fünfzig Jahre oder älter."

„Ich sehe dem ruhmreichen totalen Sieg erfreut entgegen", fuhr die geisterhafte Figur fort. „Und dennoch besteht die Möglichkeit, dass ich sterben werde, während wir den Sieg erringen. Ich nehme meinen Tod willig an, wie auch meine Frau Pinani, die an meiner Seite kämpft. Aber nun zu meinen Kindern ..." Seine Stimme stockte nur einen Augenblick. „... meinen Kindern Renei und Wunana hinterlasse ich die Erinnerung an die Vorfahren, die wir hatten, gemeinsame Erinnerungen an unsere lange Unterdrückung durch die Daan. Ich habe gesehen, wie mein Vater getötet wurde und ich werde seinen Tod rächen. Ich habe gesehen, wie die Menschen in meinem Dorf verhungerten und ich werde meine Nachbarn rächen. Erinnert euch an mich, meine Kinder. Und erinnert euch daran, was ich unter den Daan erleiden musste. Wenn ich sterbe, hebt meine Waffe auf und rächt mich, so wie ich meine Familie gerächt habe." Schlagartig verschwand das Hologramm.

„Ich glaube kaum, dass er es geschafft hat", sagte Obi-Wan. Er bückte sich zu einer Steinmarkierung hinab. „Er starb in diesem Kampf."

Qui-Gon ging an der Markierung vorbei und kam zur nächsten. Eine große, goldene Kugel war an eine Säule daneben montiert. Er legte seine Hand darauf. Sofort erschien wie ein Geist ein zweites Hologramm auf dem zugehörigen Marker.

„Ich muss das erste Bild ausgelöst haben, als ich gestolpert bin", sagte Obi-Wan.

Das zweite Hologramm zeigte eine Frau. Ihr Gewand war zerrissen und schmutzig, ihre Haare zusammengesteckt. Sie hielt einen Elektro-Pike in der Hand und hatte einen Blaster an die Hüfte geschnallt.

„Ich bin Pinani, die Witwe von Quintama, Tochter der großen Helden Bicha und Tiraca. Heute Nacht marschieren wir auf die Stadt Bin, um den Kampf um Zehava zu rächen. Unsere Vorräte sind aufgebraucht. Wir haben kaum noch Waffen. Die meisten von uns starben in dem glorreichen Kampf, um unsere geliebte Stadt den skrupellosen Daan wieder zu entreißen. Es besteht keine Chance, dass unser Kampf Erfolg hat, dennoch werden wir für Gerechtigkeit und Vergeltung gegen den Feind kämpfen, der uns unterdrückt. Mein Gatte starb vor meinen Augen. Mein Vater und meine Mutter starben, als die Daan in unsere Stadt einmarschierten, sie zusammentrieben und umbrachten. Deswegen sage ich euch, meinen Kindern Renei und Wunana, vergesst uns nicht. Kämpft weiter. Rächt dieses furchtbare Unrecht. Ich werde tapfer sterben. Ich sterbe für euch."

Das Hologramm erlosch. Obi-Wan ging zur nächsten Markierung. „Renei und Wunana starben nur drei Jahre später im zweiundzwanzigsten Kampf um Zehava", sagte er. „Sie waren kaum älter als ich."

Er wandte sich um und blickte Qui-Gon in die Augen. „Was für ein Ort ist das?", fragte er.

„Ein Mausoleum", erklärte Qui-Gon. „Eine Gedenkstätte für die Toten. Aber hier auf Melida/Daan bleiben die Erinnerungen wach. Schau." Qui-Gon zeigte auf verschiedene Gaben, die sie jetzt auf Stufen vor den Säulen aufgestapelt sahen. Die Blumen waren frisch, Kästchen mit Samen und Tassen mit Wasser frisch gefüllt.

Sie gingen die Korridore entlang, vorbei an Reihen über Reihen von Gräbern, aktivierten Hologramm für Hologramm. Der riesige, hallenartige Raum füllte sich mit den Stimmen der Toten. Sie sahen Generationen, die ihre Geschichten über Blutvergießen und Vergeltung erzählten. Sie hörten Geschichten von ganzen Dörfern, deren Bewohner ausgehungert und abgeschlachtet und von Kindern, die aus den Armen ihrer Mütter gerissen worden waren, von Massenexekutionen, Gewaltmärschen, die in Leid und noch mehr Tod endeten.

„Die Daan scheinen ein sehr blutrünstiges Volk zu sein", bemerkte Obi-Wan. Die Erzählungen von Leid und Pein hatten ihn getroffen wie der wachsende Schmerz einer tiefen Wunde.

„Wir sind in einem Melida-Mausoleum", antwortete Qui-Gon. „Ich würde gern wissen, was die Daan zu sagen haben."

„Es gibt so viele Tote", bemerkte Obi-Wan. „Aber keinen klar ersichtlichen Grund, warum sie kämpfen. Ein Kampf folgt auf den anderen und jeder wird geführt, um den vorhergehenden zu rächen. Worum ging es denn eigentlich?"

„Vielleicht haben sie es vergessen", sagte Qui-Gon. „Der Hass ist ihnen in die Wiege gelegt. Jetzt kämpfen sie um jeden Meter Territorium, oder um ein Unrecht zu rächen, das vor hundert Jahren geschah."

Obi-Wan zitterte. Die feuchte, kalte Luft drang in seinen Körper ein. Er fühlte sich vom Rest der Galaxis abgeschnitten. Seine Welt war auf diesen schwarzen, schattenhaften Ort voller Blut, Rache und Tod zusammengeschrumpft. „Unsere Mission hier hat noch nicht einmal begonnen und schon habe ich genug Leid für ein ganzes Leben gesehen."

Qui-Gons Blick war traurig. „Es gibt ein paar Welten, denen es gelingt, den Frieden jahrhundertelang zu halten, Padawan. Doch ich fürchte, sehr viele haben furchtbare Kriege gesehen, die tiefe Narben in der Erinnerung jeder Generation hinterlassen. So war es schon immer."

„Nun, ich habe für heute genug gesehen", erklärte Obi-Wan. „Lasst uns einen Ausgang suchen."

Sie gingen jetzt schnell, hasteten an den Markierungen vorbei und suchten nach einem Ausgang. Irgendwann sahen sie ein helles Rechteck vor sich. Es war eine Tür aus einem durchscheinenden Material, von der ein weißes Leuchten ausging.

Qui-Gon drückte die Ausgangstaste und die Jedi gingen erleichtert in den schwachen Sonnenschein hinaus. Sie blieben zunächst im Schatten des Eingangs und suchten die unmittelbare Umgebung ab, dann gingen sie weiter.

Das Mausoleum lag an einer Bergwand. Vor ihnen ragte ein steiler Hang empor, der in einer überhängenden Klippe endete. Zu ihrer Rechten schlängelte sich ein Weg durch eine Gartenanlage, auf ihrer linken Seite war eine Mauer.

„Ich glaube, wir müssen hier entlang", erklärte Obi-Wan und zeigte auf den Weg.

„Scheint so", sagte Qui-Gon. Dennoch zögerte er. Sein scharfer Blick suchte die Steilwand vor ihnen ab. „Aber ich ..."

Plötzlich explodierte der Boden vor Obi-Wans Füßen.

„Heckenschützen!", rief Qui-Gon. „Geh in Deckung!"

Kapitel 4

Das Blasterfeuer kam von der Klippe. Obi-Wan und Qui-Gon machten einen Satz auf die Mauer zu ihrer Rechten. Steinsplitter flogen davon, als das Blasterfeuer in die Mauer schlug. Qui-Gon brauchte einen Sekundenbruchteil, um wieder ins Gleichgewicht zu geraten und herauszufinden, was dort unten auf der anderen Seite lag. Dann sprang er hinunter. Obi-Wan folgte ihm nach.

Sie landeten mitten in einem kleinen Platz voller summender Maschinen. Mauern umgaben sie auf drei Seiten, auf der vierten Seite lag das Mausoleum. Unter Beschuss wären sie hier eingeschlossen, aber wenigstens konnte sie das Blasterfeuer nicht erreichen. Qui-Gon fragte sich einen Augenblick, ob die Heckenschützen das Interesse verlieren und verschwinden würden.

Doch seine Erfahrung sagte ihm, dass Heckenschützen *noch nie* das Interesse verloren hatten und einfach verschwunden waren.

„Das müssen die Heiz- und Kühlgeräte für das Gebäude sein“, stellte Qui-Gon fest, während das Blasterfeuer weiter über ihre Köpfe hinwegpfiff.

„Wenigstens sind wir aus der Schusslinie", bemerkte Obi-Wan.

„Ich fürchte, wir haben ein größeres Problem", sagte Qui-Gon. Er beugte sich hinunter und untersuchte einen Metalltank. „Der ist voll mit Protonen-Treibstoff. Wenn das Blasterfeuer trifft, werden wir von hier bis zurück zum Raumschiff geschossen."

Er tauschte einen besorgten Blick mit Obi-Wan aus. Es blieb ihnen nichts anderes übrig, als sich den Heckenschützen zu stellen. Sie konnten nicht hierbleiben und das Feuer auf sich ziehen.

„Wir müssen herausfinden, was auf der anderen Seite der Mauer ist", sagte Qui-Gon und zeigte auf die Mauer, die derjenigen gegenüber lag, über die sie gesprungen waren.

Obi-Wan und Qui-Gon ließen die Macht fließen. Als Qui-Gon spürte, wie sie stärker wurde und um sie pulsierte, sprang er gleichzeitig mit Obi-Wan. Auf dem höchsten Punkt ihres Sprunges warfen sie schnell einen Blick auf die andere Seite, während das Blasterfeuer um sie herum plötzlich stärker wurde. Qui-Gon lenkte es mit seinem Lichtschwert ab.

Sie landeten wieder auf dem Boden.

„Da geht es in eine tiefe Schlucht hinunter", berichtete Obi-Wan. „Glaubt Ihr, dass wir es schaffen?"

„Der Boden scheint weich zu sein", erklärte Qui-Gon. „Das könnte bei der Landung behilflich sein, wenn es dort allerdings sumpfig ist, sind wir in Schwierigkeiten.

Ich möchte nicht von einem Schlammloch verschluckt werden. Das Terrain auf Melida/Daan ist voller Fallen."

„Zumindest überraschen wir die Heckenschützen", merkte Obi-Wan an. „Sie werden nicht damit rechnen, dass wir es wagen."

Qui-Gon nickte. „Wir können uns um die Klippe herumarbeiten und von der anderen Seite anschleichen, um sie noch mehr zu überraschen. Der Überhang wird uns Deckung geben. Sie wissen dann nicht, in welche Richtung wir gegangen sind und werden nicht mit unserem Angriff rechnen."

„Die einzige Alternative, Meister, ist über die Mauer zurückzugehen. Wenn wir es bis zu dem Weg schaffen, würden die Gärten uns Deckung geben."

Qui-Gon hielt inne und dachte über ihren nächsten Zug nach. Während er die Chancen abwog, wurde ihm bewusst, wie eng Obi-Wan und er mittlerweile zusammenarbeiteten. Auch wenn ihr Verhältnis manchmal nicht ganz ungetrübt war, passten sich unter Druck ihre Rhythmen an, verbanden sich ihre Gedanken. Er schätzte die Fähigkeit seines Padawan, mehrere Dinge gleichzeitig im Blick zu haben. Sogar unter großem Stress konnte Obi-Wan strategisch denken, Chancen und Möglichkeiten abwägen und dabei noch einen Scherz machen.

„Wenn wir versuchen, die Gärten zu erreichen, verlieren wir das Überraschungsmoment", sagte Qui-Gon schließlich. „Denk immer daran, Padawan: Wenn man in der Unterzahl ist, ist Überraschung der beste Verbündete. Lass es uns durch die Schlucht versuchen."

Blasterfeuer knallte gegen Metall und Qui-Gon warf einen besorgten Blick auf den Tank mit dem Protonen-Treibstoff. „Ich glaube, wir sollten hier verschwinden. Vergiss nicht, dass auf der anderen Seite direkt an der Steilkante eine Reihe von Felsspitzen liegt. Spring so weit hinaus, wie du kannst."

Qui-Gon griff nach der Macht. Sie war immer da, lag bereit, damit er sie berühren konnte. Sie war sein Begleiter genauso wie der von Obi-Wan. Er stellte sich den Sprung vor, den er zu machen hatte. Nichts war unmöglich, wenn die Macht ihn leitete. Sein Körper würde tun, was er zu tun hatte.

Sie holten so weit Anlauf, wie es ging. Dann rannten sie drei Schritte nach vorn und sprangen ab. Sie überquerten die Mauer mit Leichtigkeit – die Macht und der Schwung trugen sie schwebend durch die Luft, über die Steilkante hinweg in die Schlucht hinab.

Qui-Gon fühlte, wie sich der schlammige Boden unter seinen Füßen bewegte, als er landete. Er wurde jedoch nicht hinabgezogen. Obi-Wan landete weich kurz hinter ihm.

„Schnell, Padawan", drängte Qui-Gon.

Der Matsch zog an ihren Füßen und erschwerte ihre Schritte, als sie sich abmühten, an der Steilwand entlang zu kommen. Sie hörten das Blasterfeuer und das Donnern einer explodierenden Protonen-Granate. Qui-Gon drehte sich um. Die Granate hatte kurz hinter der Mauer eingeschlagen. Doch wenn ein Schuss den Treibstofftank treffen würde, wäre das für sie nur von Vorteil. Eine Explosion würde eine gute Deckung für einen erfolgreichen Angriff abgeben.

Sie schafften es schließlich auf die andere Seite der Klippe. Hier stieg der felsige Grund scharf an. Es war ein steiler Aufstieg, doch immerhin war der Boden fest.

Obi-Wan bewegte sich schnell und unermüdlich neben ihm. Seine Ausdauer wurde von starkem Willen unterstützt. Obi-Wan würde Anmut lernen, wenn er älter wurde, das wusste Qui-Gon.

Sie verlangsamten ihren Aufstieg, als sie sich dem Gipfel des Hanges näherten. Der Überraschungseffekt war nicht nur hilfreich, sondern absolut notwendig – sie wussten ja nicht, wie viele Heckenschützen sie vorfinden würden.

Als sie den Gipfel fast erreicht hatten, gab Qui-Gon ein Zeichen und die beiden Jedi ließen sich auf die Knie fallen. Sie legten sich flach hin und robbten die verbleibende Strecke auf dem Bauch. Qui-Gon führte sie in Deckung hinter einer Ansammlung von Felsblöcken am Rand der Anhöhe.

Vier Heckenschützen lagen flach am Rand der Klippe, ihre Blaster auf das Mausoleum gerichtet. Keine allzu schlechten Voraussetzungen für einen Jedi, dachte Qui-Gon. Leise zog er sein Lichtschwert. Obi-Wan tat dasselbe. Auf Qui-Gons Nicken hin sprangen die beiden gleichzeitig auf und aktivierten ihre Lichtschwerter. Sie machten kaum ein Geräusch, als sie sich bewegten.

Qui-Gon ging auf den größten, am stärksten aussehenden Schützen zu. Obi-Wan sprang zu einem Heckenschützen, der gerade ein Blaster-Gewehr abfeuern wollte. Mit einem einzigen Hieb von Obi-Wans Lichtschwert zerfiel das Gewehr in zwei Teile.

Qui-Gon schlug auf die Waffe des größten Schützen ein und der Blaster fiel aus dessen Hand. Der Heckenschütze rollte sich weg und entging dem nächsten Hieb. Er trat dabei nach Qui-Gon. Der Tritt traf sein Ziel und Schmerz zuckte durch den Brustkorb des überraschten Qui-Gon. Er war verblüfft zu sehen, dass der Schütze nur einen Arm hatte.

Ein dritter Scharfschütze kam mit einem Vibro-Dolch auf Qui-Gon zu. Qui-Gon drehte sich schnell nach links, um der Klinge zu entgehen und schlug mit dem Lichtschwert zu, um den Schützen zu entwaffnen. Obi-Wan warf sich auf den dritten Scharfschützen und kickte dessen Blaster-Gewehr von der Klippe herunter.

Qui-Gon schlug einen Salto rückwärts, als der einarmige Schütze mit einem Blaster schoss, den er aus einem Unterarmholster gezogen hatte. Der Schuss verfehlte ihn nur knapp. Der zweite Scharfschütze, der seinen Vibro-Dolch verloren hatte, warf eine Protonengranate auf Qui-Gon. Der Jedi sprang zur Seite und die Granate flog über die Steilkante.

Qui-Gon wirbelte herum, um seinen einarmigen Gegner zu entwaffnen, doch schlagartig wurde er von einer gewaltigen Explosion erschüttert. Die Granate hatte den Tank mit Protonen-Treibstoff getroffen. Qui-Gon spürte Luft, so heiß wie ein Feuerwall auf seiner Haut. Seine Jedi-Reflexe halfen ihm, sein Gleichgewicht nicht zu verlieren. Auch Obi-Wan war vorbereitet. Der vierte Scharfschütze hingegen verlor mit einem Schrei die Balance und stolperte die Klippe hinunter. Er bekam im Sturz eine hervorstehende Wurzel zu fassen und zog sich voller Mühe zurück in Sicherheit. Obi-Wan stand mit erhobenem Lichtschwert über ihm und war darauf vorbereitet, sich zu verteidigen falls nötig.

Qui-Gons einarmiges Gegenüber hielt den Blaster noch immer auf ihn gerichtet. Der Mann war etwas älter als Qui-Gon. Sein Körper unter der Plastoid-Panzerung war schlank und stark. Synth-Haut bedeckte eine seiner Wangen. Qui-Gon nahm an, dass sie erst kürzlich angebracht worden war, denn sie hatte sich noch nicht mit der natürlichen Haut verbunden.

Der einarmige Mann starrte auf Qui-Gons Waffe und er lachte. „Ist das das berühmte Lichtschwert, von dem ich so viel gehört habe?"

Qui-Gon nickte nur. Er war überrascht, sich plötzlich mit dem Mann zu unterhalten, der verzweifelt versucht hatte ihn zu töten.

Der Mann grinste. „Jedi! Wir dachten, ihr seid Daan!"

Qui-Gon senkte sein Lichtschwert nicht.

Der Mann warf seinen Blaster zur Seite. „Entspann

dich, Jedi. Bei der Kraft deiner Väter und der Tapferkeit deiner Mütter: Dies ist kein Trick. Ich bin euer Kontaktmann Wehutti. Ihr seid also endlich hier."

Kapitel 5

„Wir wurden angewiesen, Euch am Stadtrand von Zehava zu treffen“, erklärte Qui-Gon und deaktivierte sein Lichtschwert.

„Tut mir Leid, dass wir euch nicht treffen konnten“, sagte Wehutti und kam näher, um sie zu begrüßen. „Die Nachricht, die ich vom Tempel bekam, war unvollständig. Die verabscheuungswürdigen und bösartigen Daan stören oft die Kommunikation. Ich habe eine Nachricht zurückgeschickt, dass ich mich mit den Jedi-Gesandten treffen würde und hatte gehofft, ich würde weitere Instruktionen bekommen. Jetzt sind wir in dem Sektor, den die Daan während des zweiundzwanzigsten Kampfes von uns erobert haben. Bis wir Rache genommen haben, kontrollieren sie die Randbezirke der Stadt. Ich schleiche seit drei Tagen hier in der Hoffnung umher, dass ich euch irgendwie finden würde.“ Er streckte die Handfläche aus, wie es auf Melida/Daan zum Gruß üblich war. „Ihr müsst Qui-Gon Jinn sein.“

„Das ist mein Schüler Obi-Wan Kenobi“, erklärte Qui-Gon.

Obi-Wan verneigte sich vor Wehutti. Er war froh, dass sie ihren Kontaktmann gefunden hatten. Sie waren kaum eine Stunde auf Melida/Daan und es war bereits offensichtlich, dass der Planet ein gefährlicher Ort war.

Wehutti stellte seine Kameraden als Moahdi, Kejas und Herut vor. Herut hielt sich das schmerzende Handgelenk und funkelte Obi-Wan an. Der versuchte, ihn freundlich anzublicken.

„Es scheint, als hätten wir Glück gehabt, euch gefunden zu haben", sagte Qui-Gon. „Aber warum wagt ihr euch so weit vor, wenn doch die Daan die Stadtgrenze kontrollieren?"

Wehuttis freundliches Gesicht wurde wie versteinert. „In der heldenhaften Tradition unserer geehrten Vorfahren müssen wir unsere Halle der Zeugen schützen."

„Halle der Zeugen?", fragte Obi-Wan.

Wehutti deutete auf den schwarzen Monolithen dort unten, wo Qui-Gon und Obi-Wan umhergegangen waren. „Es ist der Ort, an dem wir die teuren Erinnerungen unserer glorreichen Toten aufbewahren. Sie sind alle Krieger und Helden. Wenn die niedrigen Daan es könnten, würden sie all unsere geheiligten Stätten zerstören. Wir müssen ihnen zeigen, dass sie nicht hinein dürfen."

„Also befinden sich die Melida und die Daan noch immer im Krieg", sagte Qui-Gon.

„Nein, wir haben im Augenblick einen Waffenstillstand", erklärte Wehutti. Er zeichnete mit der Stiefelspitze einen Kreis in den Sand. Dann noch einen größeren

Kreis darum herum. „Die blutrünstigen Daan haben die Melida aus ihren Häusern verjagt und sie hier zusammengetrieben, im inneren Zentrum." Er deutete auf den inneren Kreis. „Die Barbaren umzingeln uns im äußeren Ring. Doch eines Tages wird der Sieg kommen. Wir werden Zehava wieder einnehmen. Block um Block werden wir nach außen vordringen."

Qui-Gon warf einen Blick auf den Blaster, der am Boden lag. „Ihr habt einen Waffenstillstand, aber ich sehe, dass ihr dennoch schießt."

„Der Tag, an dem ich meine Waffe niederlege, ist der Tag, an dem die Melida frei sind", sagte Wehutti leise.

„Was ist mit der Jedi-Ritterin Tahl?", fragte Qui-Gon. „Habt ihr Neuigkeiten?"

Wehutti nickte. „Ich habe mit den Melida-Anführern gesprochen. Sie sind sich mittlerweile im Klaren darüber, dass es unserer Sache nichts nützt, einen Jedi festzuhalten. Es werden ein paar Verhandlungen notwendig sein, aber ich bin ziemlich sicher, dass sie in eure Obhut entlassen werden wird."

„Das sind gute Neuigkeiten", sagte Qui-Gon.

Wehutti nickte. „Wir müssen jetzt gehen. Hier ist es nicht sicher. Wie unsere Märtyrer-Vorfahren sind wir immer in Gefahr." Er wandte sich Moahdi, Kejas und Herut zu. „Sammelt die Waffen ein. Versucht, das Blaster-Gewehr dort unten zu finden. Wir sehen uns im Zentrum."

Seine drei Kameraden eilten davon. Sie sammelten den Vibro-Dolch und einen beschädigten Blaster ein, bevor sie gingen. Wehutti hob seinen Blaster auf und steckte ihn zurück in das Holster. „Wir haben nur sehr wenig Waffen", erklärte er den Jedi. „Sogar beschädigte Waffen müssen wir für den Tag unserer Rache aufbewahren."

„Habt ihr auch Versorgungsprobleme?", fragte Qui-Gon.

Wehutti nickte und deutete auf seinen Armstumpf. „Es gibt keine Plastoid-Glieder. Manche hatten Glück, eines zu bekommen, viele aber auch nicht. Wir haben alles aufgebraucht, was wir nach dem letzten Kampf um Zehava noch hatten, aber die Regierung hat kein Geld, um Nachschub anzufordern. Trotzdem geht es mir gut. Die Opfer, die mein Volk entrichtet, bedeuten mehr als mein Schmerz."

Qui-Gon berührte die Stelle, an der Wehutti ihn getroffen hatte, und zuckte zusammen. „Ja ihr scheint ganz gut zurecht zu kommen", bestätigte er seinem ehemaligen Angreifer.

Wehutti führte sie zurück den Hang hinunter und auf einen Weg, der am Rande eines Parks hinter Häusern entlang führte. Der Park war voller beschädigter und verrosteter Raumjäger und Gleiter.

„Die Daan scheinen auch kein Geld mehr zu haben", bemerkte Qui-Gon.

„Der letzte Krieg hat beide Seiten in den Bankrott getrieben", erklärte Wehutti nüchtern. „Wenigstens sind wir jetzt gleich auf." Er gab den Jedi zwei handtellergroße, gelbe Scheiben. „Für den Fall, dass wir in eine Kontrolle geraten. Das sind gefälschte Daan-Ausweise. Aber lasst uns hoffen, dass wir nicht angehalten werden."

Wehutti führte sie auf verwundene Wege, durch die Gärten großer Häuser, auf winzige Straßen und über Dächer. Wenn sie Leute vor sich sahen, duckten sie sich in den Schatten von Häusern oder schlugen einfach die andere Richtung ein. Es begann zu regnen und nur wenige Leute waren auf der Straße.

„Ihr kennt die Stadt gut", stellte Qui-Gon fest.

Wehutti verzog den Mund. „Ich habe als junger Mann in dieser Gegend gelebt. Jetzt ist es mir verboten, hierher zu kommen."

Nach einiger Zeit erreichten sie ein trostloses Viertel. Die Gebäude waren zerbombt und die Fenster der Häuser eingeschlagen.

„Das war früher das Viertel der Melida", erklärte Wehutti. „Jetzt wird es von den Daan kontrolliert. Aber niemand von ihnen lebt hier. Es liegt zu dicht am Melida-Territorium."

Sie hasteten die Straße hinunter. Vor ihnen lag ein hoher Zaun mit zwei Deflektor-Türmen auf beiden Seiten. Kanonen waren auf die Straße gerichtet, auf der sie gingen.

„Keine Sorge", meinte Wehutti. „Die Wachen kennen mich."

Sie gingen an dem Wachhaus vorbei, wobei Wehutti den Wachen freundlich zuwinkte. Die salutierten respektvoll. Obi-Wan fiel auf, dass sie älter waren, vielleicht in den Sechzigern. Sie schienen sehr alt für Wachmänner zu sein.

Nun, da sie im Melida-Territorium waren, versuchte Obi-Wan, sich zu entspannen, doch er war noch immer unruhig. Er fühlte sich genauso unbehaglich wie im Daan-Gebiet. Vielleicht wegen der tiefen Störungen in der Macht, die er spürte. Qui-Gon lief mit ausdruckslosem Gesicht neben ihm, doch Obi-Wan wusste, dass sein Meister wachsam und aufmerksam war.

Barrikaden und Wachtposten waren an beinahe jedem Häuserblock aufgebaut. Er konnte die Spuren der Kämpfe sehen, die hier ausgefochten worden waren: Blaster- und Granateneinschüsse erschienen wie Pockennarben an den Gebäuden, von denen viele Ruinen waren. Jeder, der auf den Straßen zu sehen war, trug ganz offen eine Waffe. Es war wie auf den Planeten in den entfernten Regionen der Galaxis, von denen er gehört hatte, auf denen keine Gesetze galten.

„Wir haben mehrere Hallen der Zeugen gesehen, als wir über Melida/Daan flogen", sagte Qui-Gon zu Wehutti.

„Wir nennen unsere Welt Melida", korrigierte Wehutti Qui-Gon in freundlichem Ton. „Wir verbinden unsere großartige Tradition nicht mit den dreckigen Daan. Ja, auch die Daan haben Hallen der Zeugen. Beweise ihrer Lügen, wie wir sagen. Wir Melida besuchen unsere Vorfahren jede Woche, um ihre Geschichten zu hören. Wir nehmen unsere Kinder mit, damit das Unrecht nicht in Vergessenheit gerät, das die Melida unter den Händen der Daan erleiden mussten. Niemand vergisst. Niemand wird jemals vergessen."

Obi-Wan fühlte einen Anflug von Kälte bei Wehuttis grimmigen Worten. Selbst wenn die Daan so böse waren, wie er sie darstellte, wie konnten sie endlose Kriege führen, wenn sie doch ihre Welt Stück für Stück zerstörten? Er konnte sehen, dass Zehava einst eine schöne Stadt gewesen war. Nun lag sie in Schutt und Asche. Hielten sie wirklich ihre Geschichte lebendig, indem sie diese Hallen der Zeugen bauten oder zerstörten sie ihre Zivilisation?

Und noch etwas war hier nicht in Ordnung. Etwas, das in Obi-Wans Hinterkopf rumorte, das er aber nicht einordnen konnte.

Obi-Wans Blick wanderte zu einer Gruppe von Melida, die vor einem Café saßen. Das einzige Fenster des Restaurants war zerbrochen und ein Feuer hatte den Innenraum zerstört. Der Eigentümer hatte dennoch Stühle und Tische auf die Straße gestellt. Ein paar Töpfe mit hellen, rot blühenden Pflanzen vor dem zerbombten Haus milderten das Bild nur wenig.

Plötzlich erkannte Obi-Wan, was nicht stimmte. Er hatte auf den Straßen niemanden gesehen, der älter als zwanzig und jünger als vielleicht fünfzig war. Die Straßen waren von älteren Leuten und von jüngeren, etwa in seinem Alter, bevölkert. Er hatte weder Männer noch Frauen in Qui-Gons Alter gesehen – mit Ausnahme von Wehutti. Sogar die anderen Scharfschützen waren älter, wie ihm jetzt auffiel. Arbeiteten alle Leute mittleren Alters oder hatten sie sich irgendwo versammelt?

„Wehutti, wo sind all die Leute mittleren Alters?", fragte Obi-Wan neugierig.

„Sie sind tot", sagte Wehutti einfach.

Sogar Qui-Gon sah überrascht aus. „Die Kriege haben die mittlere Generation ausgelöscht?"

„Die *Daan* haben die mittlere Generation ausgelöscht", korrigierte Wehutti grimmig.

Obi-Wan war aufgefallen, dass auch im Daan-Sektor nur alte und junge Leute zu sehen waren, doch das sagte er Wehutti nicht. Offensichtlich war der Hass auf die Daan so tief in Wehutti verwurzelt, dass er die andere Seite der Geschichte nicht sehen wollte.

Als sie das zerbombte Café passierten, bemerkte Obi-Wan Graffiti auf einer teilweise zerstörten Mauer. In leuchtend roter Farbe waren die Worte DIE JUNGEN WERDEN SIEGEN! WIR SIND ALLE! gekritzelt.

Sie bogen um eine Ecke und gingen durch eine Gegend, die einmal wohlhabend gewesen sein musste. Als sie sich ihren Weg durch Barrikaden auf einst schönen Plätzen bahnten, sah Obi-Wan noch mehr Graffiti. Überall stand geschrieben, was er bereits am Café gesehen hatte.

„Wer sind ‚Die Jungen'?", fragte er Wehutti und zeigte auf das Graffiti. „Ist das eine Organisation?"

Wehutti runzelte die Stirn. „Nur Kinder, die herumspielen. Als wäre es nicht schlimm genug, dass wir in den Häusern und Gärten leben müssen, die die Daan zerstört haben. Unsere eigenen Kinder machen unsere Umgebung noch hässlicher, indem sie sie beschmieren. Ah, wir sind da."

Er hielt vor einem ehemals luxuriösen Anwesen an. Eine massive Durastahl-Wand war darum herum gebaut worden. Sie war an der Oberseite mit gewickeltem Elektrodraht versehen. Die Fenster waren verbarrikadiert und Obi-Wan war sich sicher, dass sie bei Berührung einen elektrischen Schock auslösten. Das Haus war jetzt eine Festung.

Wehutti hielt vor dem Tor an und blickte dicht in einen Iris-Scanner. Das Tor klickte auf und er bedeutete ihnen, hineinzugehen.

Sie blieben in einem ummauerten Hof stehen. Vor dem Haus stand ein Regal voller Waffen.

„Ihr müsst leider eure Lichtschwerter hierlassen", sagte Wehutti entschuldigend. Er nahm seine eigenen Waffen aus ihren Holstern. „Dies ist das Melida-Hauptquartier. Eine waffenfreie Zone."

Qui-Gon zögerte den Bruchteil einer Sekunde. Obi-Wan wartete, um zu sehen, was er tun würde. Ein Jedi trennte sich niemals von seinem Lichtschwert.

„Es tut mir Leid, aber wenn ihr diese Regel brecht, werden die Verhandlungen schlecht für euch ausgehen", erklärte Wehutti in einem diplomatischen Ton. „Sie brauchen einen Beweis für euer Vertrauen, denn ihr bittet um ihres. Doch es bleibt eure Entscheidung."

Langsam legte Qui-Gon sein Lichtschwert ab. Er bedeutete Obi-Wan, dasselbe zu tun. Der Jedi-Ritter legte das Laserschwert auf den Ständer, nahm das von Obi-Wan und legte es daneben.

Wehutti lächelte. „Ich bin sicher, die Verhandlungen werden reibungslos verlaufen. Hier entlang."

Qui-Gon bedeutete Obi-Wan, vorauszugehen, während er die Falten seines Mantels enger um sich schloss. Wehutti folgte direkt hinter ihnen.

Die Eingangshalle war dunkel, der Steinboden voller Löcher. Wehutti führte sie in einen Raum auf der linken Seite. Dunkles Material hing vor den Fensterscheiben und hielt alles Licht draußen. Eine Lampe in einer Ecke gab nur ein schwaches Licht ab, das die Schatten nicht verjagte.

Obi-Wan sah eine Gruppe von Männern und Frauen, die an einem langen Tisch an der Wand saßen. Sie hatten offensichtlich auf sie gewartet.

„Der Rat der Melida", erklärte Wehutti ihnen flüsternd. „Sie regieren über das Melida-Volk." Er schloss die schwere Tür hinter ihnen mit einem metallischen Geräusch. Obi-Wan hörte ein Schloss klacken. Er warf Qui-Gon einen Blick zu und versuchte herauszufinden, ob sein Meister dasselbe Unbehagen spürte.

„Ich bin zurück, Kameraden", erklärte Wehutti laut. Er breitete seine Arme aus und zeigte damit auf Obi-Wan und Qui-Gon. „Und ich habe noch zwei Jedi als Geiseln für unsere große Sache mitgebracht!"

Kapitel 6

Wehutti hatte kaum ausgesprochen, da bewegte sich Qui-Gon bereits. Sein Lichtschwert war aktiviert in seinen Händen, als noch das Lächeln auf Wehuttis Gesicht lag. Qui-Gon wirbelte herum und schlug Wehutti gegen die Schulter. Im selben Moment warf er Obi-Wan dessen Lichtschwert zu und er hoffte, dass der Junge bereit war, es zu fangen.

Qui-Gon hatte mit Wehuttis Verrat gerechnet. Er hatte nicht einmal die Macht benötigt, um zu fühlen, dass Wehutti sie in eine Falle locken würde. Seine Instinkte hatten es ihm schon gesagt, bevor sie das innere Zentrum erreicht hatten. Als Wehutti sie gebeten hatte, ihre Waffen abzulegen, hatte Qui-Gon sein Zögern nur gespielt. Er hatte die Bitte vorausgesehen und schon geplant, sie zu umgehen. Es war einfach gewesen, seinen Mantel aufzubauschen, um die Lichtschwerter wieder einzusammeln. Sogar kluge Menschen sehen nur das, was sie sehen wollen. Wehutti hatte sich zu früh für seine Genialität gelobt, die Jedi in seine Falle gelockt zu haben.

Er fiel mit einem Schrei voller Wut und Schmerz zu Boden. Obi-Wan aktivierte sein Lichtschwert.

„Die Tür", sagte Qui-Gon zu ihm. Er war bereit, sich gegen die Gruppe am Tisch zu verteidigen. Einige waren halb aufgestanden, doch die meisten Melida waren zu überrascht, um zu reagieren.

Er hörte Obi-Wans Hieb gegen das Schloss. Zwei Krieger hatten schneller reagiert als die anderen. Sie kamen mit Blastern in den Händen auf Qui-Gon zu.

Plötzlich ging Licht an. Obi-Wan musste es aktiviert haben, als er versucht hatte, die Tür zu öffnen. Es war besser, nicht in der Dunkelheit zu kämpfen, obwohl es jeder Jedi trainiert hatte.

Qui-Gon unterdrückte seine Überraschung, als er die Ansammlung der Melida-Soldaten erkennen konnte. Alle waren schwer verwundet. Er sah überall Synth-Haut auf den Gesichtern und anderen Stellen an ihren Körpern sowie Plastoid-Glieder. Zwei Mitglieder der Gruppe trugen Atemmasken.

Die Melida und die Daan zerstörten sich wirklich gegenseitig, Stück für Stück.

Doch das war nur ein flüchtiger Gedanke, so schnell verschwunden wie er gekommen war. Qui-Gon wusste, dass er sich auf seine Aufgabe konzentrieren musste. Er lenkte das Blasterfeuer ab, als er zu Obi-Wan rannte, der mit Leichtigkeit das Schloss zerschmolz. Die Tür stand offen. Obi-Wan und Qui-Gon liefen aus dem Raum in den Korridor hinaus.

Donnernde Schritte über ihnen ließen sie innehalten. Ein rotes Licht blinkte beständig an der Wand. Gitterstäbe knallten vor der Haupttür herunter.

„Jemand hat einen stillen Alarm ausgelöst", erklärte Qui-Gon.

„Wir kommen niemals durch diese Tür", warnte Obi-Wan.

Sie rannten den Korridor entlang auf der Suche nach einem Hinterausgang. Sie wussten, dass sie nur wenig Zeit hatten, bis der Rest der Melida-Soldaten sie finden würde.

Jedes Mal, wenn sie an bestimmten Punkten des Korridors vorbeikamen, ertönte ein elektronisches Piepen.

„Das sind Location-Sensoren", sagte Qui-Gon. „Sie spüren uns auf. Sie wissen genau, wo wir sind."

Am Ende des Ganges kamen sie an eine stark befestigte, verschlossene Tür. Qui-Gon drehte sich nach links und öffnete die erste Tür, die er sah. Sie mussten versuchen durch ein Fenster zu entkommen.

Der Raum hatte eine hohe Decke. Dort lagerten die unterschiedlichsten Ausrüstungen: Schaltkreise, Nav-Computer, Sensor-Teile, zerlegte Droiden.

Qui-Gon ging zum Fenster hinüber. Elektro-Gitterstäbe verliefen innen vor der Scheibe. Diese Sicherheitseinrichtung konnte Eindringlinge fern halten und ein paar Arten von Waffen widerstehen. Doch sie war einem Lichtschwert nicht gewachsen. Qui-Gon schnitt mit einem Schwung durch die Stäbe. Der Durchbruch war groß genug, dass sie hindurchspringen konnten. Dann tat er dasselbe mit der Fensterscheibe.

„Los, Padawan", drängte er Obi-Wan.

Der Junge sprang durch die Lücke. Qui-Gon folgte ihm. Sie fanden sich in einem von Mauern umgebenen, befestigten Hof wieder. Qui-Gon erkannte, dass die Mauer einfach zu überwinden war. Zu einfach.

„Los, Qui-Gon", sagte Obi-Wan ungeduldig.

„Warte." Qui-Gon ging näher an die Mauer heran. Er kniete nieder und untersuchte sie genau. „Sie ist vermint", erklärte er Obi-Wan. „Thermo-Detonatoren. Wenn wir darüber klettern – oder auch darüber springen – werden uns die Infrarotsensoren in den Himmel jagen."

„Wir sind also gefangen."

„Ich fürchte ja", gab Qui-Gon zurück und ging in Gedanken die Möglichkeiten durch. Sie würden in die Melida-Festung zurückkehren und ihren Weg hinauskämpfen müssen. Und sie hatten nicht viel Zeit. Die Soldaten würden innerhalb der nächsten Sekunden herausfinden, wo sie sich aufhielten.

Qui-Gon wirbelte mit angehobenem Lichtschwert herum, als er ein metallisch kratzendes Geräusch hörte. Doch es war kein Melida-Soldat zu sehen. Er verfolgte das Geräusch. Es kam vom Boden. Ein Kanaldeckel wurde zur Seite gezogen.

Eine kleine, schmutzige Hand schoss aus der Öffnung hervor und winkte ihn herein.

Obi-Wan sah Qui-Gon verwirrt an. „Was sollen wir tun?“, flüsterte er.

Eine Stimme voller Ironie kam ihnen aus der Öffnung entgegen. „Ja, macht weiter, ihr Laberdroiden. Debattiert. Ich warte. Wir haben ja genug Zeit.“

Qui-Gon hörte Rufe und Schritte in der Festung. Die Soldaten würden jetzt jeden Moment am Fenster erscheinen.

„Lass uns gehen“, sagte er zu Obi-Wan.

Er wartete, bis sein Padawan in der Öffnung verschwunden war. Qui-Gon folgte blind. Seine Füße suchten und fanden die Sprosse einer Leiter, die nach unten führte. In der Hoffnung, keinen Fehler gemacht zu haben, kletterte Qui-Gon hinunter.

Kapitel 7

Obi-Wan ertastete sich auf der klapprigen Metallleiter seinen Weg nach unten. Er stieg von der letzten Sprosse herab und stand in knöcheltiefem Wasser. Qui-Gon folgte mit der für ihn typischen Eleganz, die so ungewöhnlich für einen solch großen Mann war.

Es war unmöglich zu sagen, ob ihr Retter ein Junge oder ein Mädchen war. Die Gestalt trug ein Gewand mit Kapuze und presste einen schmutzigen Finger gegen ihre Lippen. Dann zeigte sie oder er nach oben. Es war klar, was das zu bedeuten hatte. Wenn sie nicht absolut still waren, würden die Wachen dort oben sie hören.

Die Schritte oben waren laut, die Stimmen wütend und schneidend. Der Retter der Jedi drehte sich um und ging sehr langsam durch das Wasser, hob dabei immer einen Fuß nach dem anderen und setzte ihn vorsichtig wieder zurück ins Wasser, so dass kein Platschen zu hören war. Leise bewegten sie sich tiefer in den Tunnel hinein.

Die Mauern waren mit gesplitterten Balken abgestützt. Obi-Wan beäugte sie mit Unbehagen. Der Tunnel machte auf ihn keinen sonderlich sicheren Eindruck. Dennoch war das hier besser, als sich den Weg aus einer schwer bewaffneten Festung zu kämpfen.

Sobald sie den Abstand zum Eingang etwas vergrößert hatten, beschleunigten sie ihr Tempo. Die Tunnel, durch die sie in Wasser und Schlamm wateten, schienen kilometerlang zu sein. Zeitweise reichte ihnen das Wasser bis zu den Knien. Ihr Retter führte sie durch alte Abwasserkanäle und der Geruch war furchtbar. Obi-Wan unterdrückte einen Brechreiz. Ihr Retter schien den Gestank nicht wahrzunehmen, er ging mit entschlossenen Schritten weiter.

Schließlich kamen sie in ein großes Gewölbe, das von ein paar Glühstäben an den Wänden beleuchtet war. Der Boden war hier trocken und die Luft merklich frischer. Der Raum stand voller rechteckiger, von Moos überwachsener Steinkästen. An den Wänden waren noch mehr davon.

„Gräber", murmelte Qui-Gon. „Das ist eine alte Gruft."

Von einem der Gräber war das Moos weggeschabt worden. Ein blasses, weißes Glühen drang von dort durch die Dunkelheit. Stühle standen darum herum. Ein Gruppe Jungen und Mädchen – manche so alt wie Obi-Wan, manche jünger – saß da und aß an einer Art Tisch aus Schüsseln.

Ein großer Junge mit kurz geschorenem, dunklem Haar bemerkte, dass sie näher kamen. Er stand auf.

„Ich habe sie gefunden", gab der Retter bekannt.

Der Junge nickte. „Willkommen, Jedi", sagte er höflich. „Wir sind Die Jungen."

Um sie herum schienen sich die Wände zu bewegen. Umrisse nahmen Form an und wurden zu Jungen und Mädchen, die aus den Schatten und hinter den Gräbern hervorkamen und sich um Obi-Wan und Qui-Gon versammelten.

Erstaunt sah sich Obi-Wan ihre Gesichter an. Die meisten von ihnen waren mager, viele waren in Lumpen gekleidet. Alle trugen notdürftig selbst gemachte Waffen, die an Gürteln oder in Schulterholstern hingen. Sie sahen ihn neugierig an, nicht einmal um höfliche Zurückhaltung bemüht.

Der große Junge kam näher. Er trug eine verbeulte Brustplatte aus Plastoid-Panzerung. „Ich bin Nield. Ich führe Die Jungen an. Das ist Cerasi."

Ihr Retter zog die Kapuze zurück und Obi-Wan sah, dass es ein Mädchen in seinem Alter war. Ihr kupferfarbenes Haar war kurz geschnitten und ungepflegt. Sie hatte ein schmales Gesicht mit einem spitzen Kinn. Ihre blassgrünen Augen sahen aus wie Kristalle und glitzerten sogar in dem dunklen Gewölbe.

„Danke, dass du uns gerettet hast", sagte Qui-Gon. „Könnt ihr uns nun auch verraten, weshalb ihr das getan habt?"

„Ihr wäret nur Schachfiguren im Kriegsspiel gewesen", erklärte Nield schulterzuckend. „Uns wäre es lieber, wenn dieses Spiel vorbei wäre."

„Ich habe an den Mauern Graffiti gesehen, das Die

Jungen gesprüht haben", sagte Obi-Wan. „Seid ihr Melida oder Daan?"

Cerasi schüttelte den Kopf. „Wir sind beides", sagte sie und hob stolz ihr Kinn.

„Und ihr möchtet, dass der Krieg aufhört?", fragte Qui-Gon.

„Im Augenblick ist doch Waffenstillstand", stellte Obi-Wan fest.

Nield winkte ab. „Der Krieg wird wieder anfangen. Morgen, nächste Woche – er fängt immer wieder an. Sogar die Ältesten unter den Alten erinnern sich nicht, was einmal der Grund dafür war. Sie erinnern sich nur an die Kämpfe. Sie hüten Archive und gehen einmal in der Woche hin, um sich gegenseitig an das vergossene Blut zu erinnern. Auch uns haben sie dort hingeschickt."

„Die Hallen der Zeugen", sagte Obi-Wan mit einem Kopfnicken.

„Ja, sie stecken Geld in diese Hallen, während die Städte um uns herum zerfallen", sagte Nield voller Abscheu. „Während die Kinder hungern und die Kranken sterben, weil keine Medikamente da sind. Sowohl die Melida als auch die Daan zerstören riesige Flächen und es bleibt nichts mehr für die Landwirtschaft übrig, kein Land, das nicht von irgendeinem Krieg vernarbt oder von der Vorbereitung auf noch mehr Krieg ausgelaugt ist."

„Und dennoch kämpfen sie weiter", warf Cerasi ein. „Der Hass endet niemals."

„Und wen verteidigen unsere glorreichen Anführer?",

fragte Nield. „Nur die Toten." Er deutete auf die Gräber. „Die Toten sind überall auf Melida/Daan. Es gibt keinen Platz mehr, sie unterzubringen. Das ist ein altes Grabgewölbe und über uns sind noch viel mehr. Die Jungen sind für das Leben. Es ist an uns, den Planeten wieder zurückzuerobern. Die mittlere Generation ist verstorben – unsere Eltern sind tot. Die paar, die noch übrig sind, haben sich mit den Alten zusammengetan, um weiterzukämpfen. Im Augenblick setzen sie Heckenschützen ein oder versuchen es mit Sabotage-Akten, nachdem die meisten Waffen und die meiste Munition im letzten großen Kampf aufgebraucht wurden."

„Es sind kaum noch Raumjäger vorhanden", erklärte Cerasi. „Sowohl die Melida als auch die Daan stecken alles Geld, das sie haben, in Fabriken für neue Waffen. Sie zwingen Kinder, für sie zu arbeiten. Sie zwingen jeden, der über vierzehn ist, in die Armee. Deswegen sind wir in den Untergrund gegangen. Es gab nur diese Wahl – oder den Tod."

Obi-Wan sah sich die Gesichter der Jungen und Mädchen in dem Gewölbe an. Nach allem, was er in der kurzen Zeit auf dem Planeten gesehen hatte, hatten Nield und Cerasi Recht. Die Älteren zerstörten den Planeten. Das über die Jahre gewachsene Gesetz, eine Welt für zukünftige Generationen zu verbessern, galt hier nichts. Sogar Kinder wurden dem Hass geopfert. Obi-Wan bewunderte sie dafür, dass sie zurückschlugen.

„Deswegen haben wir euch vor Wehutti gerettet", erklärte Nield. „Der Kriegsrat hatte geplant, euch als Geiseln zu nehmen, um den Jedi-Rat dazu zu zwingen, eine Melida-Regierung zu unterstützen. Sie hatten gehofft, euch dazu zwingen zu können, für ihre Sache vor dem Rat auf Coruscant zu sprechen."

„Dann kennt Wehutti die Jedi nicht", bemerkte Qui-Gon.

Ein magerer Junge, der auf dem Boden saß, meldete sich. „Er weiß überhaupt nichts", sagte er höhnisch. „Er ist ein Melida."

Nield sprang wie ein Schuss aus einem Blastergewehr nach vorn. Er legte seine Hände um den Hals des Jungen und riss ihn vom Boden hoch. Die Beine des Jungen zappelten in der Luft, als Nield ihm die Kehle zudrückte. Die Augen des Jungen erweiterten sich in einem verzweifelten Flehen. Er stieß ein verängstigtes Röcheln aus, als er versuchte, Luft in seine Lungen zu bekommen. Nield drückte noch fester zu.

Qui-Gon ging einen Schritt vor, doch im selben Augenblick lockerte Nield seinen Griff. Der Junge fiel keuchend auf den Boden.

„Keine solchen Reden hier", erklärte Nield. „*Niemals*. Wir sind beides. Towan, du wirst dafür drei Tage in Abfluss drei schlafen."

Der Junge nickte. Sein Hände lagen schützend um seine Kehle, als er nach Luft schnappte. Keiner sah ihm nach, als er sich von der Gruppe zurückzog und im Schatten verschwand.

„Wir werden euch helfen, Tahl zu finden", sagte Nield

und kehrte damit so ruhig zu der Unterhaltung zurück, als wäre nichts geschehen. „Aber ihr müsst uns ebenfalls helfen."

Obi-Wan musste sich zurückhalten, um nicht *Natürlich werden wir euch helfen!* hinauszuschreien. Das wäre eine Entscheidung seines Meisters. Noch niemals auf einer Mission hatte er ein Vorhaben gesehen, das ihm so gerechtfertigt erschien. Sie waren hierher geschickt worden, um Tahl zu retten, aber wenn sie bei ihrer Mission auch als Wächter des Friedens fungieren konnten, würden sie dies doch tun müssen. Es war im besten Interesse der Galaxis, auf diesem Planeten für Stabilität zu sorgen. Nield gab ihnen die Möglichkeit, das zu tun und dabei dennoch ihre ursprüngliche Mission durchzuführen. Er wartete, bis Qui-Gon sprach. Alle Gesichter in dem Gewölbe waren erwartungsvoll auf den großen, erfahrenen Jedi-Ritter gerichtet.

„Wir haben mit den Melida gesprochen", sagte Qui-Gon vorsichtig. „Wir haben mit euch gesprochen. Aber wir haben noch kein komplettes Bild von dem, was hier geschieht. Ich kann euch keine Hilfe zusagen, so lange wir nichts von den Daan gesehen haben."

Es dauerte einen Augenblick, bis alle Qui-Gons Worte verstanden hatten. Dann wurde Nields Gesicht rot vor Ärger. „Ihr wollt etwas von den Daan sehen?", fragte er herausfordernd. „Ich bin Daan. Kommt mit mir. Ich zeige euch, dass die Daan nicht besser als die Melida sind. Und nicht schlechter."

Kapitel 8

Cerasi führte wieder den Weg durch die Kanäle an, dieses Mal in die entgegengesetzte Richtung, aus der sie gekommen waren, direkt in das Daan-Territorium.

„Cerasi kennt jeden Winkel dieser Kanäle“, erklärte Nield, als sie ihr folgten. Sein Ärger war so schnell verflogen, wie er gekommen war. „Sie war die erste, die hinunter ging, um hier zu leben.“

„Warum hat sie ihr oberirdisches Leben aufgegeben?“, fragte Qui-Gon

„Sie hat die Dinge so gesehen, wie sie sind“, gab Nield zurück. „Genau wie ich. Dort oben gibt es kein Leben für uns. Hier unten haben wir Schlamm und Dreck, aber auch Hoffnung.“ Seine Zähne leuchteten in der Dunkelheit, als er lächelte. „Es mag euch seltsam erscheinen, aber wir sind hier glücklicher.“

„Das ist keineswegs seltsam“, sagte Obi-Wan.

„Haben Die Jungen die Tunnel abgestützt?“, fragte Qui-Gon. „Es sieht aus, als ob die Arbeiten gerade erst ausgeführt wurden.“

Nield nickte, bevor er sich durch eine enge Öffnung

quetschte und auf sie wartete, bis sie ihm in den neuen Tunnel folgten. „Wir haben es Stück für Stück gemacht. Die Tunnel wurden während des achtzehnten Kampfes um Zehava gebaut. Die Daan erweiterten die Zu- und Abwasserkanäle und brachen zu den unterirdischen Grabgewölben aus dem zehnten Krieg durch. Sie arbeiteten heimlich bei Nacht, um in den Melida-Sektor zu gelangen. Darum war die Stadt in ein Nordviertel und ein Südviertel geteilt. Sie haben den Kampf gewonnen."

„Dann, kaum sechs Monate später, wurde der neunzehnte Kampf von Zehava ausgetragen", mischte sich Cerasi ein. „Die Kämpfe hören nicht auf. Und sie werden niemals aufhören, wenn wir nicht eingreifen."

Cerasi blieb stehen. Licht drang durch einen Felsspalt über ihnen. „Hier."

Qui-Gon suchte die runde Decke des Tunnels ab. „Wo?"

Cerasi nahm ein aufgewickeltes Lastseil von ihrem Gürtel ab. Sie warf das Seil mit geübtem Schwung hoch und befestigte es mit einer schnellen Bewegung ihres Handgelenks an einem Haken, der in den Mörtel der Wand eingelassen war. Cerasi zurrte das Seil fest, zog prüfend daran und lächelte Qui-Gon an. „Keine Sorge, es wird sogar *Euch* tragen."

Sie hangelte sich am Seil hoch, setzte eine Hand nach der anderen. Als sie beinahe oben war, schwang sie sich mit dem Seil hinüber und hakte ihre Finger in den Felsspalt. Dort blieb sie hängen, das Gesicht gegen den Spalt gepresst.

„Niemand da", rief sie leise nach unten. Sie stieß sich ab und drehte sich heftig herum, wobei sie ihren Körper nach hinten schwang, bis sie beinahe auf dem Kopf hing. Sie nutzte den Schwung und trat gegen den Stein. Er hob sich aus der Fassung und mit dem nächsten Schwung gab sie ihm einen leichteren Stoß, um ihn aus dem Weg zu räumen. Qui-Gon hörte einen dumpfen Schlag, als der Stein dort oben auf den Boden schlug. Bei ihrem nächsten Schwung stemmte Cerasi ihre Füße in die Öffnung und bog ihren Körper nach vorn, um sich hinauszuschwingen.

Die ganze Aktion hatte vielleicht dreißig Sekunden gedauert. Qui-Gon bewunderte Cerasis Beweglichkeit und Kraft.

Sie streckte ihren Kopf wieder herein. „Ist doch nichts dabei."

Einer nach dem Anderen zogen sich die verbliebenen Drei das Seil hoch und schwangen sich zur Öffnung hinaus. Sie waren nicht ganz so grazil und geschickt wie Cerasi, doch sie schafften es.

Qui-Gon fand sich im Lagerraum eines Versorgungsgebäudes hinter einem verlassenen Anwesen wieder. Es war ein klug gewählter Ort, um den Tunneleingang zu verstecken.

Jetzt führte Nield die Gruppe an, denn er kannte sich im Daan-Sektor aus. „Keine Sorge", sagte zu den Jedi.

„Ich bin ein Daan und viele hier kennen mich. Ihr seid im Daan-Territorium sicher. Zumindest wollen die Daan keine Geiseln nehmen."

Jetzt, da Qui-Gon mehr Zeit hatte, konnte er den Daan-Sektor etwas genauer betrachten. Er sah nicht viel anders aus als das innere Zentrum. Verlassene, zerbombte Gebäude. Barrikaden. Nahrungsmittelknappheit in den Läden. Und überall Menschen, die ihrem Tagwerk nachgingen und dabei alte, mehr oder weniger reparaturbedürftige Waffen an der Brust, den Hüften und Handgelenken trugen. Er sah kaum Menschen, die jünger als sechzig oder älter als zwanzig waren.

„Dies war einmal ein schöne Stadt", bemerkte Nield mit trauriger Stimme. „Ich habe Zeichnungen und Hologramm-Nachbildungen gesehen. Sie wurde sieben Mal komplett wieder aufgebaut. Ich kann mich an Bäume und Blumen erinnern und sogar an ein Museum, das nichts mit den Toten zu tun hatte. Als ich noch sehr jung war."

„Fünf Jahre lang gab es keine Barrikaden", sagte Cerasi leise. „Daan und Melida lebten gemeinsam in beiden Sektoren. In manchen Gegenden haben sie sogar Seite an Seite gelebt. Dann begann der fünfundzwanzigste Kampf um Zehava."

„Was ist mit deinen Eltern, Cerasi?", fragte Obi-Wan.

Qui-Gon fiel es schwer, Cerasis Gesichtsausdruck zu lesen. Sie schien mit sich zu kämpfen, ob sie überhaupt einen Teil ihrer Geschichte mit jemandem teilen wollte. „Ihr

Hass hat sie vernichtet, wie so viele andere auch. Meine Mutter starb, als sie einen Angriff von Heckenschützen anführte. Mein Bruder wurde aufs Land geschickt, um in einer Munitionsfabrik zu arbeiten. Ich habe seitdem kein Wort mehr von ihm gehört."

„Und dein Vater?"

Cerasis Gesicht wurde ausdruckslos, desinteressiert. „Er ist tot", sagte sie tonlos.

Das ist nur eine Geschichte, dachte Qui-Gon. Jeder der Jungen, so wurde ihm klar, würde eine ähnliche erzählen können. Voller Leid und Schmerz, von zu früh verlorenen Eltern, getrennten Familien. Darin hatten sie etwas gemeinsam.

Qui-Gon sah, wie vor ihnen etwas wie blaues Wasser schimmerte. Sie gingen einen breiten Boulevard entlang, sprangen über große Löcher im Boden, wo Protonen-Granaten eingeschlagen waren.

„Das ist der Weir-See", erklärte Nield. „Ich bin hier immer schwimmen gegangen, als ich klein war. Ihr seht ja, was die Daan jetzt daraus gemacht haben."

Als sie näher kamen, wurde der blaue Schimmer, den Qui-Gon zwischen zwei Gebäuden erblickt hatte, breiter, und er konnte sehen, dass der See ziemlich groß war. Es wäre ein schöner Anblick gewesen, wenn da nicht das massive, niedrige Gebäude aus dunklem Stein gewesen wäre, das auf Repulsorkissen dicht über dem Wasser schwebte.

„Noch eine Halle der Zeugen", sagte Nield voller Abscheu. „Das war die letzte verbliebene Wasserfläche innerhalb tausender von Kilometern. Jetzt kann sie niemand mehr genießen, außer den Toten."

Der Wind zerrte an Nields Haaren, als der sich die Szenerie ansah. Sein entgeisterter Blick wurde immer trauriger und Qui-Gon war klar, dass jetzt die Erinnerung an einen dieser Schwimmausflüge wach wurde. Plötzlich erstaunte es ihn, wie jung Nield eigentlich aussah. Unter Tage hatte ihn sein Auftreten älter als Obi-Wan erscheinen lassen, doch die beiden waren etwa gleich alt.

Qui-Gon sah kurz hinüber zu Cerasi. Ihr schlankes, hübsches Gesicht war blass, beinahe blutleer, doch er erkannte noch das Kind, das sie einst gewesen war. Sie sind alle so jung, dachte er voller Trauer. Zu jung für die Aufgabe, die sie sich selbst auferlegt hatten – das Unrecht von Jahrhunderten gerade zu rücken, eine Welt zu retten, die durch Zwistigkeiten und Streit geteilt war.

„Los", sagte Nield. „Lasst uns hören, was die glücklichen Toten zu sagen haben."

Er marschierte voran und sie folgten ihm. Er ging durch die Steintür hindurch und schnell die Gänge entlang, vorbei an Monument um Monument. Er aktivierte ein Hologramm nach dem anderen, blieb aber nicht stehen, um sich die Geschichten anzuhören. Die Stimmen erfüllten die gewaltige Kammer, ihre Erzählungen von Rache und Hass hallten von den Wänden zurück. Nield begann zu laufen, drückte eine Kugel nach der anderen, um die Geister zu aktivieren.

Irgendwann hielt er vor dem letzten Hologramm an,

das er aktiviert hatte. Es war ein großer Mann mit schulterlangem Haar und einer Panzerung.

„Ich bin Micae, Sohn von Terandi von Garth, aus dem Norden", sagte das Hologramm. „Ich war noch ein Junge, als die Melida Garth einnahmen und mein Volk in Lagern zusammenpferchten. Dort starben viele, unter anderem auch ..."

„Und warum haben die Melida das getan, du Schwachkopf?", fragte Nield die Figur, die eine Liste von Toten herunterleierte. „Vielleicht weil die Daan-Soldaten im Norden die Melida-Siedlungen ohne Vorwarnung angegriffen und hunderte getötet hatten?"

Die Geschichte des Soldaten ging weiter. „... und meine Mutter starb an diesem Tag, ohne meinen Vater jemals wieder gesehen zu haben. Mein Vater starb im heldenhaften Kampf in den Ebenen, während er das große Unrecht rächte, das die Melida während der Kämpfe im Norden ..."

„... die ein Jahrhundert zuvor stattgefunden hatten!", spottete Nield.

„... heute ziehe ich mit meinen drei Söhnen in den Kampf. Mein jüngster Sohn ist zu jung, um uns zu begleiten. Ich kämpfe heute, damit er niemals mehr kämpfen muss ..."

„Dann hat er ja gute Chancen!", höhnte Nield.

„Wir wollen Gerechtigkeit, keine Vergeltung. Und daher, so weiß ich, werden wir siegen." Der Krieger hob seine Faust und öffnete sie zu einer Geste des Friedens.

„Lügner und Narren!", rief Nield. Er drehte sich abrupt von dem Hologramm weg. „Lasst uns hier verschwinden. Ich ertrage dieses dumme Geschwätz nicht mehr länger."

Sie gingen hinaus an die frische Luft. Graue Wolken zogen sich über ihnen zusammen und das Wasser sah beinah so schwarz aus wie die große Halle, die darüber schwebte und einen langen Schatten warf. Es war schwer zu sagen, wo das Gebäude aufhörte und das Wasser begann.

„Seht Ihr?", wollte Nield von Qui-Gon wissen. „Sie werden niemals aufhören. Die Jungen sind die einzige Hoffnung dieser Welt. Ich weiß, dass die Jedi weise sind. Ihr müsst erkennen, dass unsere Sache gerecht ist. Verdienen wir keine Chance?"

Nields goldene Augen brannten voller Zuversicht. Qui-Gon blickte Obi-Wan an. Er sah, dass Nields Worte den Jungen nicht nur bewegten, sondern auch zutiefst aufwühlten.

Das bedrückte ihn. Obwohl das Herz eines Jedi durchaus auch ergriffen sein konnte, war es doch seine Pflicht neutral und besonnen zu bleiben. Die Lage hier war kompliziert und unsicher. Sie mussten einen kühlen Kopf bewahren, um sich hindurch zu navigieren. Sein Instinkt sagte ihm, dass es besser war, keine Partei zu ergreifen.

Doch da stand noch die Frage nach Tahl im Raum. Ihre Rettung war der Grund ihrer Mission. Nield hatte seine Hilfe zugesagt. Konnte er sein Versprechen einhalten?

„Ich weiß, wo Tahl gefangen gehalten wird", erklärte Nield, fast als hätte er Qui-Gons Gedanken gelesen. „Sie ist am Leben."

„Kannst du uns dorthin bringen?", fragte Qui-Gon.

„Cerasi wird euch hinbringen", gab Nield zurück. „Der Ort ist stark bewacht. Aber ich habe einen Plan, wie es gelingen kann. Während ihr Tahl rettet, werden Die Jungen einen Überraschungsangriff starten."

„Ich bin nicht sicher, wie überraschend ein solcher Angriff sein könnte", sagte Qui-Gon, „da wir doch davon ausgehen müssen, dass die Melida wissen, dass die Jedi auf freiem Fuß sind. Sie werden etwas Ähnliches erwarten."

„Aber sie werden keinen *Daan*-Angriff erwarten."

„Planen die Daan einen Angriff?", fragte Obi-Wan.

„Nein", gab Nield zurück. „Das heißt aber nicht, dass die Melida nicht glauben, dass sie es tun. Unser Plan sieht vor, an verschiedenen Stellen sowohl in den Daan- als auch Melida-Sektoren Angriffe zu starten. Die Melida werden denken, dass die Daan sie angreifen und sie werden ihre Streitkräfte auf die Straßen schicken, um sich zu verteidigen. Die Daan werden dasselbe tun. Ich verspreche euch, das führt zu Verwirrung und Chaos. Dann könnt ihr Tahl befreien."

„Aber ihr habt keine Waffen", sagte Obi-Wan. „Wie wollt ihr dann angreifen?"

„Wir haben einen Plan", sagte Nield mysteriös. „Alles, was wir von euch wollen, ist, dass ihr im Gewölbe bleibt und keinen Kontakt mit den Melida aufnehmt. Gerade jetzt suchen sie alles ab. Es ist von Vorteil, dass ihre Streitkräfte mit dieser Aufgabe beschäftigt sind, damit wir unsere Arbeit machen können."

„Seht ihr, wie einfach wir es euch machen?", fragte Cerasi. „Alles, was wir von euch wollen, ist, nichts zu tun."

„Wir kümmern uns um das Ablenkungsmanöver", fuhr Nield fort. „Ihr kümmert euch um Tahl. Ich weiß auch, dass ihre Verletzungen ernsthaft sind. Sie braucht medizinische Versorgung."

Unbehaglich sah Qui-Gon auf das Wasser hinaus, um Zeit zu gewinnen. Er wusste, dass Nield ihn erpresste. Er zwang Qui-Gon, sich seinen Wünschen zu beugen, damit der Jedi seine Mission erfüllen konnte. Er hatte sich von einem Kind ins Aus manövrieren lassen.

Und Obi-Wan fand es auch noch gut, das konnte er sehen. Wieder spürte er ein Ziehen in seinem Rückgrat. Er war besorgt.

Er wandte sich an Nield und Cerasi. „Einverstanden", sagte er. „Obi-Wan und ich werden warten, bis ihr uns zu Tahl bringt. Unser wichtigstes Ziel ist ihre Rettung. Danach seid ihr auf euch gestellt. Genügt das?"

Nield grinste. „Mehr wollen wir nicht."

Kapitel 9

Sie waren kaum wieder im Tunnel, da begannen schon die Vorbereitungen. Nield und Cerasi saßen mit den anderen Jungen zusammen, in Unterhaltungen vertieft. Obi-Wan saß still am Tisch und sah ihnen zu. Die Entschlossenheit auf ihren Gesichtern zeigte ihm, dass, was auch immer sie vorhatten, am nächsten Tag eine große Überraschung für die Daan und Melida sein würde.

Qui-Gon ging auf die andere Seite der Kammer und zeigte seltene Anzeichen von Ungeduld.

„Wenn ihr einen Rat zur Strategie braucht ...“, begann er.

Cerasi drehte sich um. „Nein“, sagte sie knapp. „Wir brauchen keine Hilfe.“

„Ein zusätzlicher Tipp kann vielleicht eure Chancen erhöhen“, sagte Qui-Gon mit ruhiger Stimme.

Dieses Mal machte sich Cerasi nicht mehr die Mühe, sich umzudrehen. Nield sah nicht einmal auf.

„Wir *wollen* Eure Hilfe nicht, Jedi“, erklärte Cerasi noch schärfer als zuvor.

Obi-Wan sah zu Qui-Gon hinüber, um seine Reaktion

abzuschätzen. Er sah, dass sein Meister irritiert war. Doch auch wenn Qui-Gon impulsiv sein konnte, so war er niemals intolerant. Der Anflug von Irritation verschwand und sein üblicher ruhiger Gesichtsausdruck kehrte zurück.

„Padawan, ich werde die Tunnel erkunden", erklärte Obi-Wan leise. „Es ist besser, sich nicht allein auf die Führung der Jungen zu verlassen. Du bleibst hier."

Obi-Wan nickte. Er wollte Qui-Gon dieses Mal ohnehin nicht begleiten. Er wollte dableiben und zusehen, wie Die Jungen ihren Plan für den Kampf schmiedeten.

Cerasi teilte die jungen Leute in Teams auf und vergab Aufgaben. Sie arbeiteten an behelfsmäßigen Waffen aus Abfällen. Ihre beliebteste Waffe war eine effiziente Schleuder, die Laserkugeln verschoss. Die Kugeln konnten einem Lebewesen nur leichte Verletzungen zufügen, doch wenn sie ein festes Objekt trafen, machten sie ein Geräusch wie Blasterfeuer.

Im Verlauf des Nachmittags versuchte Obi-Wan, sich an das gedämpfte Geräusch von Explosionen zu gewöhnen. Kriegsspielzeug gehörte zu der Kindheit unter den Melida wie auch unter den Daan. Die Jungen veränderten es, um die Geräuscheffekte zu verstärken. In den Räumen, die am Haupttunnel lagen, arbeiteten sie an Raketenkörpern, die sie mit Kieselsteinen und Farbe füllten.

Cerasi arbeitete in einer Ecke an einem Haufen Schleudern. Sie schnitzte sie mit einem scharfen Messer zurecht und testete sie auf ihre Genauigkeit. Dazu zog sie ein

Flimsiplast auf und feuerte es ab. Das Flimsiplast schoss quer durch den hohen Raum und traf jedes Mal mit tödlicher Präzision auf den selben Felsen. Cerasi arbeitete unermüdlich, ohne Pause.

„Ich würde gern helfen", sagte Obi-Wan und ging zu ihr. „Nicht bei der Strategie", fügte er schnell hinzu. „Ich weiß, dass ihr das unter Kontrolle habt. Aber ich kann euch *dabei* helfen."

Cerasi wischte sich eine Locke aus dem Gesicht und lächelte leicht. „Ich glaube, ich war etwas streng zu deinem Chef-Meister, hm?"

„Er ist nicht wirklich mein Chef", erklärte Obi-Wan. „Das ist nicht die Art der Jedi. Er ist vielmehr mein Mentor."

„Sicher, was immer du sagst. Aber wenn du mich fragst, die Älteren denken immer, sie wissen alles besser. Sie kommen einem immer in die Quere." Sie gab Obi-Wan ein Messer. „Wenn du sie genauso dick schnitzen kannst wie meine, könnten wir die alle in kürzester Zeit fertig haben."

Obi-Wan setzte sich hin und begann, mit dem Messer an dem weichen Holz zu schaben. „Was glaubst du, wie stehen morgen unsere Chancen für einen Erfolg?"

„Ausgezeichnet", sagte Cerasi überzeugt. „Wir bauen auf den Hass zwischen den beiden Sektoren. Wir müssen nur Kampfhandlungen vortäuschen. Beide Seiten werden reagieren, ohne sich die Mühe zu machen, Berichte über Blasterfeuer und Torpedostarts zu überprüfen. Sie rechnen jeden Moment mit neuen Kämpfen."

„Euer Kampf mag vorgetäuscht sein, aber die Gefahr ist real", gab Obi-Wan zu bedenken. „Beide Seiten haben echte Waffen, mit denen sie schießen können."

Cerasi schüttelte den Kopf. „Ich habe keine Angst."

„Sich über Angst im Klaren zu sein kann dich schützen, wenn sie nicht Besitz von dir ergreift."

Cerasi schnaubte. „Ist das einer der Sprüche deines Chef-Meisters?"

Obi-Wan wurde rot. „Ja. Und ich habe gelernt, dass er stimmt. Angst ist ein Instinkt, der dich warnt, vorsichtig zu sein. Jeder, der in den Kampf zieht und behauptet, keine Angst zu haben, ist ein Narr."

„Nun, dann nenn mich eine Närrin, Pada-Jedi", sagte Cerasi kurz. „Ich habe keine Angst."

„Ah", sagte Obi-Wan locker. „Du ziehst ohne Angst in den glorreichen Kampf und bist überzeugt, dass dein Gegner fallen wird."

Er wiederholte die hohlen Prahlereien der Toten in den Hallen der Zeugen und Cerasi wusste das. Sie errötete, so wie Obi-Wan kurz zuvor.

„Noch mehr Jedi-Weisheiten. Es wäre ein Wunder, wenn du es schaffen würdest, lange am Leben zu bleiben, wenn du immer die dummen Dinge kommentierst, die die Leute sagen." Cerasi zeigte ein halbes Lächeln. „In Ordnung. Ich verstehe, was du meinst. Ich bin nicht besser als meine Vorfahren. Ich marschiere blind in einen Kampf, den ich verlieren werde."

„Ich sage nicht, dass ihr verlieren werdet."

Cerasi hielt inne und sah Obi-Wan zum ersten Mal offen an. „Vielleicht werde ich am Tag des Kampfes Angst haben. Aber heute habe ich das Gefühl, dass ich bereit bin. Dies ist der erste Schritt in Richtung Gerechtigkeit. Und ich kann es kaum erwarten, ihn zu tun. Hast du dazu auch irgendwelche Weisheiten?"

„Nein", meinte Obi-Wan. Cerasi war anders als alle anderen, die er bisher kennen gelernt hatte. „Gerechtigkeit ist etwas, für das man kämpfen muss. Wenn ich das nicht wüsste, könnte ich kein Jedi sein."

Cerasi legte ihre Schleuder nieder. „Ein Jedi zu sein bedeutet dir genauso viel wie mir, zu den Jungen zu gehören", sagte sie. Ihre kristallgrünen Augen beobachteten ihn. „Ich denke, der Unterschied besteht darin, dass Die Jungen keine Mentoren haben. Wir führen uns selbst."

„Ein Padawan zu sein ist eine ehrenvolle Reise", gab Obi-Wan zurück. Doch er fürchtete, dass seine Worte wenig überzeugend klangen. Er war daran gewöhnt, sie auszusprechen und mit ganzem Herzen daran zu glauben. Es hatte es zutiefst verinnerlicht ein Jedi zu sein. Doch in den wenigen Stunden bei den Jungen hatte er eine Entschlossenheit gesehen, die ihn ebenso verwirrt wie aufgewühlt hatte.

Natürlich hatte er schon unter den Jedi-Schülern im Tempel tiefe Hingabe gesehen. Doch bei manchen Schülern schien sie oft auch mit Stolz vermischt zu sein. Sie waren die Elite, ausgewählt aus Millionen, um ausgebildet zu werden.

Immer wenn Yoda Stolz bei einem Jedi-Schüler sah, fand er einen Weg, diesen Stolz zu entlarven und dem Schüler den rechten Weg zu weisen. Stolz basierte oft auf Arroganz und dafür war bei einem Jedi kein Platz. Ein Teil der Jedi-Ausbildung diente dazu, den Stolz zu verlieren und durch Offenheit und Nächstenliebe zu ersetzen. Die Macht war nur in denen stark, die wussten, dass sie mit allen Lebensformen verbunden waren.

Hier in den Tunneln sah Obi-Wan eine Reinheit, die er in seinen Gesprächen mit Yoda oder bei der Beobachtung von Qui-Gon nur erahnen konnte. Und diese Reinheit lag in Menschen seines Alters. Sie mussten nicht darum kämpfen. Sie besaßen sie. Vielleicht, weil das Ziel, an das sie glaubten, mehr als nur eine Idee in ihren Köpfen war. Es steckte von Geburt an in ihnen, war entstanden aus ihrem Leid.

Er fühlte sich in der Defensive, so als hätte Cerasi ihn in seiner Hingabe zur Lebensweise der Jedi angegriffen. „Nield ist der Anführer der Jungen", sagte er. „Also hast auch du einen Chef."

„Nield ist der Beste, wenn es um Strategie geht", erklärte Cerasi. „Wenn wir keinen hätten, der uns organisiert, würden wir auseinander brechen."

„Und jemanden, der euch bestraft?", fragte Obi-Wan und erinnerte sich daran, wie Nield beinahe einen Jungen erwürgt hatte.

Cerasi zögerte. Ihre Stimme war etwas leiser, als sie weitersprach. „Nield mag dir unerbittlich vorkommen, aber es muss so sein. Hass wurde uns beigebracht, noch bevor wir gehen konnten. Wir müssen hart sein, um den Hass auszulöschen. Unsere Vorstellung von einer neuen Welt kann nur bestehen, wenn unser Hass stirbt. Wir müssen alles vergessen, was uns beigebracht wurde. Wir müssen neu beginnen. Nield weiß das besser als jeder andere. Vielleicht weil er es härter hatte als jeder von uns."

„Inwiefern?", fragte Obi-Wan.

Cerasi seufzte. Sie legte die Schleuder hin, an der sie gearbeitet hatte. „Das letzte Hologramm, das er ausgelöst hat – über das er so gespottet hat – war Nields Vater. Er zog mit Nields drei Brüdern in den Kampf. Sie kamen alle um. Nield war fünf Jahre alt. Einen Monat später traf seine Mutter Vorbereitungen, um am nächsten Kampf teilzunehmen. Sie ließ ihn mit einer Kusine zurück, ein kleines Mädchen, das für ihn wie eine Schwester war. Seine Mutter zog in den Kampf und wurde ebenfalls getötet. Dann fielen die Melida in sein Dorf ein. Seine Kusine entkam und nahm ihn mit nach Zehava. Er hatte ein paar friedliche Jahre, dann marschierten die Daan in seinen Sektor ein und seine Kusine musste fliehen. Sie war siebzehn, also alt genug. Auch sie starb. Nield saß auf der Straße und war auf sich gestellt. Er war erst acht Jahre alt. Dann gab es ein paar Leute, die sich um ihn kümmern wollten. Er wollte bei niemandem leben, nahm aber Essen und Unterkunft an, wenn er es brauchte. Er wollte niemals mehr von jemandem abhängig sein. Kann man es ihm verübeln?"

Obi-Wan stellte sich all die Menschen vor, die Nield geliebt hatte – alle waren gestorben, einer nach dem anderen. „Nein", sagte er leise. „Ich kann ihm nichts verübeln."

Cerasi seufzte. „Die Sache ist die: Ich wurde erzogen, die Daan für unmenschliche Monster zu halten. Nield war der erste Daan, den ich kennen lernte. Er war derjenige, der sowohl die Daan- als auch die Melida-Waisen vereinigte. Er ging in die Heime und brachte sie zusammen, versprach ihnen Freiheit und Frieden. Wenn sie im Heim geblieben wären, wären sie vielleicht in ein Sweep-Lager gekommen."

„Ein Sweep-Lager?", fragte Obi-Wan.

„Die Melida und Daan ziehen die Waisen für Fabrikarbeit oder Militärdienst heran, wenn sie alt genug sind", erklärte Cerasi tonlos. „Entweder arbeiten oder kämpfen sie. In den städtischen Heimen sind sie leichter zu finden, denn in den Dörfern und kleineren Städten laufen die Kinder einfach davon."

„Wohin?"

Cerasi runzelte die Stirn. „Sie nennen sich Scavenger-Jungen und ziehen über das Land. Außerhalb der Stadtmauern gibt es ganze Gruppen von Kindern. Nield hat versucht auch sie aufzunehmen. Sie bleiben mit gestohlenen Comlinks in Kontakt. Sie wollen keinen Krieg mehr." Cerasi drehte sich zu ihm um. „Du fragst mich also, wie unsere Erfolgschancen stehen und ich habe dir geantwortet. Aber um ehrlich zu sein, ich kann mir nicht einmal

Gedanken über die Chancen machen. Wir werden Erfolg haben, weil wir Erfolg haben müssen. Unsere Welt wird zu einer Einöde, Obi-Wan. Und nur wir können es verhindern."

Obi-Wan nickte. Er spürte, wie er anfing Cerasi zu verstehen. Er sah, dass ihre scheinbare Härte nur tiefe Gefühle schützte.

„Wir könnten tatsächlich deine Hilfe brauchen", fuhr Cerasi fort. „Ihr habt Verbindungen zum Rat der Jedi und sie haben Verbindungen zu Coruscant. Ihr könnt der ganzen Galaxis zeigen, dass unsere Sache gerecht ist. Die Unterstützung der Jedi bedeutet uns alles."

„Cerasi, ich kann dir keine Unterstützung durch die Jedi zusagen", erklärte Obi-Wan leise. Er war über sich selbst überrascht, als er bemerkte, wie er seine Hand auf ihre legte. „Ich kann euch nur meine zusagen."

Ihr heller Blick nahm seinen Blick gefangen. „Warum kommst du morgen nicht mit Nield und mir? Wir starten den ersten Feldzug auf Daan-Territorium."

Obi-Wan zögerte. Als Jedi-Padawan würde er die Regeln brechen, wenn er ohne Qui-Gons Zustimmung einwilligte. Doch wenn er fragte, würde Qui-Gon höchstwahrscheinlich ablehnen.

Er hatte die Regeln bereits gebrochen, indem er Cerasi und ihrer Sache seine Unterstützung zugesagt hatte. Diese Zusage könnte mit der Jedi-Mission in Konflikt stehen.

Doch er konnte nicht anders. Die Sache der Jungen berührte sein Herz. Als Jedi kämpfte er nicht für seine eigene Familie, für seine eigene Welt. Er kämpfte, wofür Yoda, der Rat der Jedi – und Qui-Gon – dachten, dass er kämpfen müsse.

Cerasi und Nield hatten selbst beschlossen, wofür sie kämpften. Und Obi-Wan empfand einen Anflug von tiefem Neid. Er hatte so viel Zeit mit Leuten verbracht, die älter waren als er. Er hatte so oft auf ihre Weisheiten gehört. Nun wurde er zu etwas anderem gebeten. Hier konnte er Teil einer Gemeinschaft werden – es war ihm nicht klar gewesen, wie sehr er die Gesellschaft von Jungen und Mädchen eines Alters vermisst hatte.

Cerasis Hand fühlte sich warm unter der seinen an. Ihre Finger waren schlank und zerbrechlich. Plötzlich flochten sich ihre Finger ineinander und drückten zu. Er fühlte ihre Stärke.

„Wirst du dabei sein?“, fragte sie.

„Ja“, sagte er. „Das werde ich.“

Kapitel 10

In dieser Nacht rollten Die Jungen Schlafsäcke in den Grabkammern aus. Qui-Gon fand einen Platz in der Nähe eines angrenzenden Tunneleingangs, wo die Luft frisch war.

Obi-Wan ging voller Unbehagen zu ihm. „Nield und Cerasi haben mich gefragt, ob ich bei ihnen schlafen würde“, sagte er. „Sie passen auf die jüngsten Kinder auf.“

Qui-Gon sah ihn fragend an, doch er nickte. „Schlaf gut, Padawan.“

Obi-Wan nahm einen Schlafsack und ging zurück zu Nield und Cerasi. Sie schliefen in einer kleinen Nebenkammer des Gewölbes. Nield legte einen Finger auf die Lippen, als Obi-Wan hereinkam.

„Die Kinder schlafen“, flüsterte er. „Wir müssen auch schlafen. Wir brauchen unsere ganze Kraft für morgen.“ Er legte seine Hand auf Obi-Wans Unterarm. „Cerasi sagte mir, dass du uns begleitest. Ich fühle mich geehrt.“

„Es ist mir eine Ehre, euch zu helfen“, antwortete Obi-Wan.

Er ließ sich auf dem Boden neben Nield und Cerasi nieder. Er dachte, er könnte nicht einschlafen, doch der ruhige Atem der Kinder trug ihn in den Schlaf.

Es war schwer zu sagen, wann er wieder aufwachte. Cerasi stand von ihrem Schlaflager auf und beugte sich über Nield, um seine Schulter zu berühren. Nield war bereits wach und stand sofort auf.

Obi-Wan stand ebenfalls auf. Er war bereit. Er verhielt sich nicht wie ein Jedi, sondern wie ein Mensch – ein Freund. Er griff nach seinem Lichtschwert und der Schleuder, die Cerasi ihm in der Nacht zuvor gegeben hatte. Im Nebenraum gab es einen Eingang zu einem Tunnel, der direkt zu den Daan führte. Qui-Gon würde ihn nicht sehen, wenn er aufbrach.

Obi-Wan wusste, dass es falsch war, nicht um Erlaubnis zu bitten, und er fragte sich, wie wütend Qui-Gon wohl sein würde, wenn er bemerkte, dass er verschwunden war. Immerhin hatte Qui-Gon ja seine Hilfe bei der Strategieplanung angeboten.

Obi-Wan war froh, diese Entscheidung getroffen zu haben, als er Nield und Cerasi durch die verlassenen Straßen des äußeren Rings begleitete, den die Daan kontrollierten. Die drei bewegten sich gemeinsam durch die kühle Morgenluft. Sie gingen voller Entschlossenheit durch die leeren Straßen. Ihre weichen Schuhe machten kaum ein Geräusch. Nield und Cerasi hatten bereits das erste Ziel ausgesucht.

Sie kletterten an einer Regenrinne hoch auf das Dach

eines Gebäudes. Von hier aus konnten sie die Sonne sehen, die nicht strahlte, sondern nur einen schwachen Lichtschimmer zeigte.

„Ich hasse es, alle aufzuwecken", sagte Nield mit einem breiten Grinsen.

„Sie müssten sowieso schon lange wach sein." Cerasi hielt einen Spielzeug-Raketenwerfer hoch. „Ich bin bereit."

Obi-Wan hatte verschiedene Geschosse an seinem Gürtel hängen. Er steckte eines davon in den Raketenwerfer. Die Geschosse waren um winzige Verstärker montiert worden, so dass der Lärm, den sie beim Aufschlag machten, dem von richtigen Protonen-Granaten gleichkam. Cerasi und Nield hatten eine Straße ausgesucht, in der der Lärm besonders gut hallte.

„Los geht's", erklärte Obi-Wan.

Cerasi zielte mit dem Spielzeug-Raketenwerfer auf das verlassene Gebäude auf der anderen Straßenseite. Sie drückte ab.

Der laute Knall der Explosion überraschte sie.

„Hört euch das an!", rief Nield. „Es hat funktioniert!"

Er spannte eine Laserkugel in seine Schleuder und schoss auf die Mauer gegenüber. Das unverwechselbare *Ping-Ping-Ping* von Blasterfeuer erklang. Obi-Wan stopfte schnell noch ein Projektil in das Rohr und Cerasi schoss es ab. Der Knall hallte von der Gebäudefront unter ihnen zurück.

Nield schoss immer mehr Laserkugeln aus seiner

Schleuder ab und Obi-Wan tat es ihm gleich. Sie schossen Kugel um Kugel, wobei sie immer wieder schnell nachluden und feuerten. Das Geräusch von Blasterfeuer hallte durch die Straßen. Jemand kam aus einer Tür in der Nähe und sah schnell die Straße hinauf und hinunter. Nield und Obi-Wan ließen einen wahren Regen von Laserkugeln auf das verlassene Gebäude niederprasseln, wo niemand ihren Einschlag sehen konnte.

Krack-krack-krack! Die Laserkugeln trafen auf die harte Oberfläche und machten noch lautere Geräusche. Der Daan zog sich schnell in das Gebäude zurück.

„Er wird Alarm auslösen", sagte Nield. „Wir sind hier fertig. Lasst uns gehen."

Sie sprangen von Gebäude zu Gebäude in eine andere Straße. Sie wiederholten die Prozedur und zogen weiter. Sie warfen nun auch im Laufen Laserkugeln nach unten, während Cerasi dorthin Projektile schoss, wo deren explosiver Klang am meisten zurückhallte. Während sie von Block zu Block gingen, verschoben sie dort Barrikaden, wo sie Militärfahrzeuge behindern konnten. An Checkpoints ließen sie ihr falsches Feuer über die Köpfe der Wachen regnen, die in Deckung gingen und die leeren Straßen mit Infrarot-Elektro-Ferngläsern absuchten, um die unsichtbaren Angreifer auszumachen.

Die Sonne ging auf und Sirenen kreischten in der Stadt. Nield wandte sich ihnen zu. Die aufgehende Sonne schien rot auf seinem Haar. „Jetzt zu den militärischen Hauptquartieren."

Obi-Wan spürte die Aufregung wie einen Schauer. Dieser Aufruhr, den Nield und Cerasi anzettelten, war fast wie ein Spiel. Doch jetzt würde das Spiel ernst werden. Ein militärisches Ziel zu treffen – und wenn auch nur mit unechtem Sprengstoff – war gefährlich.

Nield führte sie über die Dächer hinweg zum militärischen Hauptquartier der Daan. Von einem Dach auf der anderen Seite der Straße konnte Obi-Wan Soldaten mit Blastern und Torpedos sehen, die zu Landgleitern liefen. Offensichtlich hatten sie es sehr eilig die vielen Alarmmeldungen zu überprüfen, die eingegangen waren.

„So weit, so gut", schnaufte Cerasi. „Es werden nicht mehr viele Soldaten hier sein."

Dieser Teil ihres Plans würde schwierig werden. Jetzt würden sie nicht mehr auf Häuser feuern, in denen Zivilisten schliefen. Das Militär würde schnell reagieren. Nield hatte immer wieder betont, wie wichtig es war, das Militär davon zu überzeugen, dass ein Großangriff lief, da sonst ihr Plan nicht funktionieren würde. Wenn das Militär glaubte, dass auch sie unter Beschuss lagen, würden sie vielleicht daraus schließen, dass dies keine Attacke eines einsamen Heckenschützen, sondern ein Großangriff auf die ganze Stadt war.

Aus diesem Grund sollten zusätzlich zu Nield, Cerasi und Obi-Wan andere Gruppen der Jungen in mehrere Viertel vordringen. Ihre Attacken sollten gleichzeitig mit dem Angriff auf die militärischen Hauptquartiere stattfinden.

Sie warteten, bis die Soldaten in ihren Gleitern davongefahren waren. Zwei Wachen standen draußen hinter durchsichtigen Panzerschildern. Cerasi lud ihren Werfer. Obi-Wan und Nield legten Laserkugeln in ihre Schleudern. Cerasi zählte flüsternd bis drei und sie schossen.

Die Laserkugeln trafen das Gebäude und klangen wie Blasterfeuer. Die Projektile donnerten. Und die drei hatten bereits wieder geladen, gingen wieder auf Hände und Knie und hasteten zur Kante der Daches, um auf das angrenzende Gebäude zu springen. Sie schossen erneut.

Soldaten in voller Plastoid-Panzerung rannten aus dem Gebäude, die Blaster in der Hand. Elektro-Ferngläser wurden auf die Straße und die umliegenden Gebäude gerichtet. Gepanzerte Platten rasselten vor Fenstern und Türen herunter. Eine Sirene heulte schlagartig los. Soldaten verteilten sich auf der Straße. Schweber hoben zur Luftüberwachung ab. Gepanzerte Fahrzeuge strömten aus einer unterirdischen Lagerhalle.

„Es wird Zeit, hier zu verschwinden", sagte Cerasi.

Sie hängten die Schleudern und Laserkugeln an ihre Gürtel, rannten über das Dach und rutschten eine Regenrinne hinunter. Als sie auf der Straße landeten, verlangsamten sie ihre Schritte und taten so, als wären sie Daan-Teenager, die auf einem morgendlichen Spaziergang waren.

„Ihr da! Halt!", erklang eine Stimme hinter ihnen. Sie blieben stehen. Da Nield ihnen Ausweise gegeben hatte, dachten sie, dass sie durchkommen würden. Cerasi zog ein kleines Päckchen aus ihrer Tunika. Obi-Wan sah erstaunt zu ihr hinüber. Hatte sie eine Waffe? Er hatte sein Lichtschwert. Aber damit hätte er es niemals mit den Truppen auf der Straße aufnehmen können. Er hätte nur Cerasi und Nield gefährdet.

Sie drehten sich um und sahen drei Polizisten auf sich zukommen. Ihre Blaster waren geradewegs auf ihre Herzen gerichtet.

„Ausweise", sagte einer der Soldaten barsch. Die drei gaben sie ihnen schnell. Nield hatte Obi-Wan eine Scheibe von einem Daan-Jungen gegeben, der ungefähr sein Alter und seine Statur hatte. Die Soldaten steckten die Scheiben in ein Lesegerät. Obi-Wan wartete darauf, dass sie sie zurückbekamen, doch stattdessen gab der eine Soldat dem anderen zu verstehen, sie aufzuhalten. Er war noch immer misstrauisch. Er sah Nield, Cerasi und Obi-Wan scharf an.

„Stimmt etwas nicht?", fragte Nield besorgt.

„Was habt ihr da?", fragte der erste Soldat und zeigte mit seinem Blaster auf Cerasis Päckchen.

„M-Muja-Kuchen", stammelte Cerasi nervös. Sie hielt das Päckchen hoch. „Zum Frühstück. Wir gehen jeden Morgen hier spazieren."

„Lass mal sehen." Der Soldat öffnete das Päckchen. Obi-Wan konnte darin einige in Servietten eingewickelte Plätzchen sehen.

„Was habt ihr da am Gürtel?", fragte der andere Soldat. „Seid ihr nicht ein wenig zu alt für Spielzeug?"

„Wir üben für die Armee“, gab Nield zurück. Er hob sein Kinn. „Wir können es kaum erwarten, gegen die dreckigen Melida zu kämpfen.“

„Was ist das?“ Der Soldat zeigte auf Obi-Wans Lichtschwert.

Obi-Wan hielt es hoch und aktivierte es. „Das neueste Spielzeug auf Gala. Mein Großvater verkauft sie drüben auf der Victory-Straße.“

Der Soldat sah sich das Lichtschwert an. „Wir hatten solches Spielzeug nicht, als wir jung waren“, sagte der erste voller Bedauern.

„Im nächsten Kampf um Zehava werden die Daan triumphieren!“, antwortete Obi-Wan und winkte mit seinem Lichtschwert.

„Wir stecken wahrscheinlich bereits im nächsten Kampf um Zehava, also macht, dass ihr davonkommt und Deckung findet“, sagte der dritte Soldat ruppig. Er gab Nield seinen Ausweis zurück und bedeutete den Anderen dasselbe zu tun. „Ihr werdet bald mit echten Waffen kämpfen.“

Die drei Soldaten marschierten davon. Aus ihren Comlinks tickten Berichte über weitere Angriffe in der Stadt.

„Das war knapp“, schnaufte Cerasi. „Ich bin froh, dass ich diese Muja-Kuchen mitgenommen habe. Damit hatten wir einen Grund, so früh auf der Straße zu sein.“

„Und ich dachte, du hast sie für den Fall mitgebracht, dass ich Hunger habe“, scherzte Obi-Wan mit Mühe. Sein Herzschlag wurde langsam wieder normal. Er wollte nicht darüber nachdenken, wie Qui-Gon wohl reagiert hätte, wenn er von den Daan gefangen genommen worden wäre.

„Es war schlau, das Lichtschwert zu aktivieren und es als Spielzeug zu bezeichnen", sagte Nield zu Obi-Wan. „Glücklicherweise waren sie zu dumm, um zu erkennen, dass du ein Jedi bist."

Cerasi sah ihn an. „Ich habe so ein Gefühl, als wäre Obi-Wan bereit gewesen, es zu benutzen."

Nield grinste breit. „Ich habe so ein Gefühl, als könnte er uns alle retten."

Die drei lachten erleichtert. Obi-Wan spürte, dass zwischen ihm, Cerasi und Nield ein Funken übergesprungen war. Obwohl die Gefahr noch nicht vorüber war, fühlte er sich so frei wie noch nie.

Kapitel 11

Qui-Gon saß in der Dunkelheit und beobachtete das wilde Treiben der Jungen, als sie in das Gewölbe kamen, um Nachschub zu holen und wieder hinaus auf die Straßen zu laufen.

Etwas hatte ihn noch vor Sonnenaufgang geweckt, eine leise Störung, eine Bewegung. Er hatte gesehen, wie Obi-Wan mit Cerasi und Nield verschwunden war. Er hatte seinen Padawan gehen lassen.

Es wäre ein Leichtes gewesen, aufzustehen und Obi-Wan anzusprechen. Qui-Gon war verärgert und er hatte den Jungen zur Rede stellen wollen. Obi-Wan hatte kein Recht, ohne Erlaubnis zu gehen. Er hatte Qui-Gons Vertrauen missbraucht. Es war ein kleines Vergehen, doch es schmerzte.

Er und Obi-Wan hatten noch nicht die perfekte Gedanken-Kommunikation erreicht, die zu einer idealen Beziehung zwischen Meister und Padawan gehörte. Sie hatten gerade erst ein paar Schritte einer langen gemeinsamen Reise getan. Sie hatten gelegentlich Meinungsverschiedenheiten und es gab auch Missverständnisse. Doch

Obi-Wan hatte noch nie zuvor etwas vorsätzlich vor ihm verheimlicht.

Obi-Wan hatte offensichtlich befürchtet, dass Qui-Gon ihn nicht hätte gehen lassen. Der Junge hatte Recht gehabt: Er hätte es verboten. Qui-Gon glaubte, dass Die Jungen wirklich Frieden wollten, aber er war sich nicht sicher, ob sie ihre guten Absichten beibehalten würden, wenn sie Macht erlangt hatten, welcher Art auch immer. Er sah viel Zorn in ihnen. Obi-Wan sah nur Hingabe.

Schließlich kamen Nield, Cerasi und Obi-Wan zurück. Qui-Gon atmete erleichtert auf. Er hatte sich bereits Sorgen gemacht.

„Zeit für Phase zwei", erklärte Nield, als die drei in das Gewölbe kamen. „Jetzt zu den Munitionslagern der beiden Seiten."

„Was ist mit Tahl?", fragte Qui-Gon.

„Cerasi wird euch zu Tahl führen", sagte Nield. „Deila?"

Ein großes, schlankes Mädchen hielt inne, als sie Geschosse in ihre Gürteltaschen steckte. „Ja?"

„Wie läuft es auf der Melida-Seite?"

Sie grinste. „Chaos. Sie glauben, die Daan sind überall, sogar in ihren Schränken."

„Gut." Nield wandte sich wieder zu Qui-Gon. „Die Verwirrung müsste jetzt groß genug sein, so dass ihr unerkannt durchkommen könnt. Cerasi wird euch führen, aber ihr müsst Tahl allein retten."

„Das ist in Ordnung", meinte Qui-Gon. Er wollte das Mädchen nicht in Gefahr bringen.

Obi-Wan wich dem Blick seines Meisters aus, als die beiden Jedi Cerasi in einen engen Tunnel folgten, der aus dem Gewölbe führte. Qui-Gon verdrängte seinen Ärger. Er würde Obi-Wan jetzt nicht dafür zur Rede stellen, dass er sich davongeschlichen hatte. Nicht jetzt. Er wandte seine Aufmerksamkeit der vor ihm liegenden Aufgabe zu. Er musste sich jetzt auf Tahl konzentrieren.

Cerasi führte sie durch ein Labyrinth von Tunneln, bis sie an einen Kanaldeckel kamen. Schwachgraues Licht drang nach unten.

„Wir sind unter dem Gebäude, in dem Tahl festgehalten wird", flüsterte sie. „Dieser Schacht führt in den Keller einer Militärbaracke. Tahl wird hinter der dritten Tür auf der linken Seite festgehalten. Es werden Wachen da sein, aber vermutlich nicht so viele wie sonst. Jeder Soldat wird auf der Straße gebraucht."

„Wie viele waren sonst da?", fragte Qui-Gon leise.

„Das sind die schlechten Nachrichten", sagte Cerasi bedrückt. „Sie wird zwar nur von zwei Wachen bewacht, aber gleich um die Ecke ist die Hauptunterkunft für die Soldaten. Da gehen sie zum Essen und Schlafen hin. Daher laufen immer viele Soldaten hin und her. Deswegen dachten Nield und ich, dass euch ein Ablenkungsmanöver helfen könnte." Sie zeigte nach oben. „Die Öffnung führt direkt in ein Getreidelager. Ihr könnt also herausklettern, ohne gesehen zu werden."

„Danke, Cerasi", sagte Qui-Gon leise. „Wir finden den Weg zurück allein."

Doch als Qui-Gon und Obi-Wan in einem kleinen Lager voller Getreidesäcke hinausstiegen, steckte Cerasi den Kopf durch das Gitter hinter ihnen.

„Ich dachte, du gehst zurück", flüsterte Obi-Wan.

Sie grinste. „Ich habe so ein Gefühl, dass ihr meine Hilfe brauchen werdet." Sie schwang ihre Schleuder. „Ein kleines Ablenkungsmanöver könnte nicht schaden."

Obi-Wan gab ihr ein Grinsen zurück, doch Qui-Gon runzelte die Stirn. „Ich möchte dich nicht in Gefahr bringen, Cerasi. Das ist nicht Teil unserer Abmachung. Nield sagte ..."

„Ich treffe meine eigenen Entscheidungen, Qui-Gon", unterbrach sie. „Ich biete euch meine Hilfe an. Ich kenne das Gebäude. Wollt ihr mein Angebot annehmen oder nicht?" Cerasi hob ihr Kinn herausfordernd an. Ihre kristallenen Augen blitzten Qui-Gon an.

„Also gut", meinte er schließlich. „Aber wenn Obi-Wan und ich in Schwierigkeiten geraten, verschwindest du. Versprichst du mir das?"

„Ich verspreche es", erklärte Cerasi.

Qui-Gon öffnete die Tür vorsichtig einen Spalt weit und spähte nach draußen. Er sah einen langen Korridor mit schweren Metalltüren. Ein Soldat hastete den Gang entlang und verschwand hinter einer Ecke. Zwei Soldaten waren als Wachen vor einer der Türen postiert. Dort wurde Tahl festgehalten.

Ein Soldat kam schnell in seine Richtung. Qui-Gon zog sich zurück, hielt aber die Tür offen.

„Gehst du wieder nach da draußen?“, fragte einer der Wachtposten.

„Eine Invasion“, sagte der Soldat knapp. „Ich habe gerade Neuigkeiten über einen Angriff nur zwei Blocks von hier bekommen. Ich muss meine Einheit finden.“

Die Wachen tauschten nervöse Blicke aus. „Und wir sitzen hier herum“, murmelte einer von ihnen. „Wir sollten da draußen kämpfen. Dieser Dienst ist sowieso Zeitverschwendung. Es ist mir egal, ob sie ein Jedi ist. Sie ist zu schwach, um gefährlich zu sein.“

„Sie ist erledigt“, sagte der andere Wachmann. „Es dauert nicht mehr lange.“

Wut und Schmerz stiegen in Qui-Gon hoch. Es durfte noch nicht zu spät sein. Er kontrollierte seinen Zorn und rief nach der Macht, damit sie ihm half. Er wusste, dass Obi-Wan dasselbe tat, denn die Macht war plötzlich in dem Raum präsent, umfloss sie.

„Qui-Gon“, flüsterte Cerasi. „Ich habe eine Idee. Wollt ihr sie hören?“

„Habe ich eine Wahl?“, fragte Qui-Gon.

Cerasi kam näher und flüsterte ihm ihren Plan ins Ohr.

„In Ordnung“, sagte er. „Doch dann verschwindest du. Einverstanden?“

Cerasi nickte. Dann öffnete sie die Tür und schlich hinaus.

Es dauerte einen Augenblick, bis die Wachen sie bemerkten. Cerasi lief mit einem verschreckten Gesichtsausdruck auf sie zu.

„Halt!", riefen die Wachen.

„Was?", fragte Cerasi voller Angst. Sie ging weiter.

„Halt oder wir schießen!", warnten die Wachen.

Cerasi blieb stehen. Sie rang mit den Händen. „Aber mein Vater ist hier! Ich muss ihn unbedingt sehen!"

„Wer ist dein Vater?"

Cerasi riss sich zusammen. „Wehutti, der große Held. Ich muss ihm mitteilen, dass meine Tante Sonie tot ist. Sie wurde von einer gemeinen Daan-Protonen-Granate zerrissen. Ihr müsst mich durchlassen!"

„Du bist Wehuttis Tochter?"

„Ja, seht. Ich habe einen Ausweis." Cerasi zeigte den Wachen ihre Melida-Karte.

Einer der Wachleute nahm sie und zog sie durch sein Lesegerät. Als er sie ihr zurückgab, klang seine Stimme freundlicher.

„Ich habe Wehutti hier nirgends gesehen. Wahrscheinlich ist er draußen. Die Daan marschieren ein."

„Denkt ihr, ich weiß das nicht?", rief Cerasi. „Die Daan übernehmen das Zentrum Block um Block. Sie werden jede Minute hier sein. Ich muss zu meinem Vater! Er hat mir versprochen hier zu sein, wenn ich ihn brauche. Er hat es versprochen!" Cerasis Stimme überschlug sich. Mit ihrer schlanken Figur und ihrer zitternden Stimme wirkte sie jünger, als sie war.

Die Wachen tauschten Blicke aus. „In Ordnung. Aber dann gehst du raus und suchst Unterschlupf", sagte der zweite.

Cerasi hastete den Korridor hinunter und bog um die Ecke. Ein Augenblick verging. Und noch einer. Qui-Gon wartete geduldig. Er vertraute Cerasi. Sie brauchte Zeit, um auf die andere Seite hinter die Wachen zu kommen.

Plötzlich hallte der Klang von Blasterfeuer im Korridor aus der entgegengesetzten Richtung, in der Cerasi verschwunden war. Die beiden Wachen sahen einander an.

„Daan!", zischte der erste Wachmann. „Das Mädchen hatte Recht! Sie greifen an!"

Qui-Gon schnellte mit dem Lichtschwert in der Hand aus der Tür, bevor die Wachen sich umdrehen und reagieren konnten. Obi-Wan lief neben ihm her.

Die beiden Wachen feuerten ihre Blaster ab, sobald sie die Jedi sahen. Doch sie waren zu spät. Obi-Wan und Qui-Gon lenkten das Feuer mit ihren Lichtschwertern ab, ohne stehen zu bleiben.

Synchron sprangen sie die letzten Meter zu den Wachen. Sie trafen die Wachen mit einem kraftvollen Tritt in die Brust, wobei sie das Blasterfeuer mit ihren Lichtschwertern ablenkten. Die Wachen flogen nach hinten, die Blaster fielen aus ihren Händen.

„Gib mir Deckung", befahl Qui-Gon Obi-Wan scharf. Er ging zur Tür. Als er mit seinem Lichtschwert begann, das Schloss zu schmelzen, erholten sich die Wachen und griffen nach den Elektro-Jabbern an ihren Gürteln.

Obi-Wan wartete nicht, bis sie aufgestanden waren. Er sprang über sie hinweg, so dass sie sich für einen Angriff umdrehen mussten. Er trat dem einen Wachmann den

Elektro-Jabber aus der Hand und schlug mit dem Lichtschwert nach dem anderen. Der Wachmann schrie auf und ließ seine Waffe fallen.

„Keine Bewegung“, warnte Obi-Wan und hielt sein Lichtschwert über ihre Köpfe.

Das Schloss gab nach und Qui-Gon drückte die Tür auf. Er hielt inne, zutiefst betroffen über Tahls Anblick. Sie hatte mit ihm das Tempel-Training absolviert. Sie war immer schön gewesen, eine große Frau vom Planeten Noori mit goldgrün gestreiften Augen und einer Hautfarbe wie dunkler Honig.

Jetzt sah sie dünn und ausgemergelt aus. Ihre wunderschöne Haut war von einer weißen Narbe entstellt, die unter einem Auge begann und bis unter das Kinn verlief. Das andere Auge war mit einer Klappe bedeckt.

„Tahl“, sagte er mit fester Stimme. „Ich bin es, Qui-Gon.“

„Ah, endlich Rettung“, sagte sie in dem leicht ironischen Ton, der ihn immer zum Lachen gebracht hatte. „Sehe ich so schlecht aus, alter Freund?“

Da bemerkte er, dass sie nichts sehen konnte.

„Ihr seht wunderbar aus, wie immer“, meinte er. „Aber können wir mit den Komplimenten ein wenig warten? Ich habe gerade alle Hände voll zu tun.“

„Ich befürchte, ich bin sehr schwach“, erklärte Tahl.

„Ich werde Euch tragen.“ Qui-Gon nahm Tahl auf die Arme. Sie war so leicht wie ein Kind. „Könnt Ihr Euch an meinem Hals festhalten?“, fragte er.

Er spürte, wie sie nickte, als sich ihre Arme um seinen Hals schlossen. „Bringt mich nur hier heraus", bat sie. „Selbst in einer Hutt-Cantina gibt es besseres Essen."

In diesem Moment hörte Qui-Gon ein Geräusch, von dem er gehofft hatte, dass er es nicht hören müsste: schnelles Blasterfeuer. Die Verstärkung war angekommen. Obi-Wan steckte in Schwierigkeiten. Seine Zeit war abgelaufen.

Er ging vorsichtig zur Tür und spähte hinaus.

Sechs Soldaten waren aus ihren Quartieren gekommen und schossen vom Ende des Ganges auf Obi-Wan. Der hatte eine Tür aufgerissen und benutzte sie als Deckung. Die Soldaten hatten die beiden Wachen auf dem Boden wieder bewaffnet, so dass es jetzt galt, gegen acht Soldaten zu kämpfen.

„Und was sind die schlechten Neuigkeiten?", fragte Tahl.

„Bis jetzt acht", erklärte Qui-Gon. „Vielleicht kommen noch mehr."

„Das erledigt Ihr doch mit links", meinte sie schwach.

„Genau das wollte ich gerade sagen."

Blasterfeuer schlug von der Tür zurück, hinter der Obi-Wan kauerte. Er hatte erkannt, dass die Türen gepanzert waren. Sie konnten diesen Umstand zu ihrem Vorteil nutzen.

Qui-Gon schwang die Tür von Tahls Zelle weit auf und stellte sich dahinter. Er betrachtete kurz die Lage. Obi-Wan hielt bislang die Soldaten zurück, indem er ihr Blasterfeuer immer wieder mit dem Lichtschwert auf sie zurück lenkte. Sie würden aber bald bemerken, dass er nicht mit einem Blaster bewaffnet war.

Dann würden sie über ihn herfallen.

Qui-Gon sah zu Obi-Wan hinüber. Es war an der Zeit, wieder in die Offensive zu gehen. Doch er konnte Tahl nicht in Gefahr bringen, sie war zu schwach, um zu gehen. Sie saßen fest. Aber er würde Tahl nicht hierlassen. Er wollte sie nicht einmal wieder hinlegen. Wenn er jetzt von ihr getrennt würde, bekäme er vielleicht nicht noch einmal die Möglichkeit, wieder zu ihr gelangen.

„Lasst mich hier, Qui-Gon", murmelte Tahl. „Für mich kann es nicht schlimmer werden, als es schon ist. Lasst Euch nicht auch von ihnen gefangen nehmen."

„Habt einfach ein wenig Vertrauen", meinte Qui-Gon sanft.

Plötzlich donnerte Blasterfeuer aus der entgegengesetzten Richtung des Korridors. Jetzt waren sie eingekreist!

Doch im nächsten Moment erkannte Qui-Gon, dass das Feuer *auf die Soldaten* gerichtet war.

Oder, so wurde im plötzlich klar, das Ganze *klang* nur wie Blasterfeuer. Cerasi war nach dem Ablenkmanöver nicht wie versprochen gegangen.

Die Soldaten verschanzten sich hinter einer Ecke. Qui-Gon spähte zurück in die andere Richtung und sah Cerasi, wie sie noch eine Laserkugel abfeuerte. Sie traf die Wand und Blasterfeuer hallte den Gang entlang.

Jetzt schossen die Wachen blindlings, denn sie wollten

sich nicht dem Feuer aussetzen, dass von der Ecke kam. Obi-Wan kam hinter seiner Deckung vor. Es fiel ihm nicht schwer, die blinden Schüsse mit seinem Lichtschwert abzulenken. Qui-Gon drückte Tahl mit einem Arm gegen seine Brust und hob mit dem anderen sein Lichtschwert, um all die Schüsse abzulenken, die Obi-Wan nicht erreicht hatte. Zusammen gingen sie rückwärts den Korridor entlang in Richtung des Lagerraums.

Obi-Wan öffnete währenddessen Tür um Tür. Sie schwangen auf und halfen das Blasterfeuer abzublocken. Die Soldaten hielten ein andauerndes Sperrfeuer aufrecht, doch Cerasi lud und schoss im selben Tempo Laserkugeln und die Soldaten waren überzeugt, dass sie weiterhin angegriffen wurden.

Qui-Gon und Obi-Wan erreichten den sicheren Lagerraum. Cerasi lief los.

„Schnell", drängte sie. „Mir geht die Munition aus."

Sie schoss weiter, als Obi-Wan den Kanaldeckel öffnete und Qui-Gon einhändig hinabkletterte, mit Tahl in seinem Arm.

„Jetzt!", rief Obi-Wan.

Cerasi eilte Qui-Gon nach. Obi-Wan folgte und setzte den Gitterdeckel wieder an seinen Platz.

„Danke Cerasi", sagte Qui-Gon ruhig. „Ohne deine Tapferkeit hätten wir das nicht geschafft."

„Obi-Wan hat uns heute Morgen geholfen", gab Cerasi sorglos zurück, so als wäre es nichts, ihr Leben zu riskieren. „Ich habe nur einen Gefallen zurückgegeben."

„Wie kamst du auf die Idee, dich als Wehuttis Tochter auszugeben?“, fragte Obi-Wan, als sie ihnen den Weg zurück zeigte.

„Weil ich es bin“, antwortete Cerasi.

„Aber du sagtest doch, dein Vater wäre tot“, bemerkte Obi-Wan.

„Für mich ist er tot“, antwortete Cerasi schulterzuckend. „Aber manchmal ist er ganz nützlich. Wie die meisten Eltern.“

Sie blickte Obi-Wan lächelnd über die Schulter an. Obi-Wans Augen leuchteten zurück.

Qui-Gon sah in diesem Augenblick, dass sich zwischen den beiden etwas vertieft hatte. Sie waren jetzt Vertraute, die sich ohne Worte verstanden. Das Abenteuer, dass sie heute Morgen gemeinsam erlebt hatten, verband sie.

Qui-Gon spürte, wie sein ursprünglicher Ärger verfloss. Er musste annehmen, dass Obi-Wan sich manchmal einsam fühlte, wo er doch mit jemandem reiste, der älter war als er. Er musste es vermissen, nicht unter Jungen und Mädchen seines Alters zu sein. Es war gut, dass er so starke Bande zu jemandem empfinden konnte.

Warum aber berunruhigte dies Qui-Gon so sehr?

Kapitel 12

Qui-Gon legte Tahl auf ein Lager aus Tüchern und Decken, das Beste, was Die Jungen anzubieten hatten. Er stand einen Moment bei ihr. Der kurze Kampf hatte sie erschöpft und sie war sofort eingeschlafen. Er konnte das Aufblitzen ihrer lebendigen Macht spüren – aber es war eben nur ein Aufblitzen. Tahl konnte sich nicht mehr daran erinnern, wie sie zu ihren Verletzungen gekommen war. Sie wusste noch, dass sie während eines Kampfes gefangen genommen worden war, hatte aber keine Erinnerung daran, verletzt oder geblendet worden zu sein.

Qui-Gon setzte sich mit dem Rücken an eine Mauer und dachte nach. Ihre Mission war vorüber. Sie mussten nur noch warten, bis die Kämpfe abflauten. Cerasi hatte ihnen zugesagt, dass sie die Jedi aus der Stadt führen konnte, ohne Tahl zu gefährden. Er würde Tahl nach Coruscant bringen und hoffen, dass die Heilungstechniken der Jedi ihr die lebendige Kraft zurückgaben, an die er sich so gut erinnerte.

Qui-Gon wusste, dass er eine Welt zurücklassen würde, auf der das Chaos herrschte. Kinder, die für die Rettung ihrer Welt kämpften. Erwachsene, die, in Konflikte verstrickt, gewillt waren, die Bevölkerung für ihre Sache zu opfern.

Und dennoch musste er gehen. Seine oberste Pflicht war es, Tahl zurückzubringen. Dann würde er Yoda um Erlaubnis bitten zurückzukehren. Höchstwahrscheinlich würde der Jedi-Meister diese Erlaubnis nicht erteilen. Jedi besuchten keine anderen Welten, mischten sich nicht in deren Angelegenheiten, wenn sie nicht ausdrücklich darum gebeten wurden. Nur unter ganz besonderen Umständen griffen sie ein, wenn etwa eine Welt den Frieden und die Sicherheit einer anderen gefährdete. Die Bewohner von Melida/Daan waren tief in einen Konflikt verstrickt, aber sie bedrohten nur ihre eigene Welt.

Obi-Wan hatte um Erlaubnis gebeten, mit Cerasi nach oben zu gehen. Qui-Gon hatte es ihm gestattet. Wenn er Obi-Wan sagen würde, dass sie gehen mussten, würde sein Padawan nicht wollen, das wusste er. Dennoch würde Obi-Wan ihm gehorchen. Es war seine oberste Pflicht als Padawan und Obi-Wan war durch und durch ein Jedi.

Ihre Mission stand kurz vor dem Abschluss. Und dennoch bedrückte eine Vorahnung Qui-Gon, als läge ein schwerer Stein auf seiner Brust. Sein Instinkt warnte ihn, er konnte aber nicht erkennen, wovor er gewarnt wurde oder inwiefern es ihn betreffen würde.

Er hörte schnelle Schritte und Nield stürmte mit Obi-Wan und Cerasi in den Raum. Qui-Gon war verblüfft, wie die drei sich im selben Rhythmus bewegten, wie ihre Schritte perfekt aufeinander abgestimmt waren, obwohl Obi-Wan so lange Beine hatte und Cerasi so schmal gebaut war.

„Kommt alle zusammen!“, rief Nield. „Wir haben Neuigkeiten!“

Nield stellte sich auf das größte Grab. Jungen und Mädchen versammelten sich um ihn, kamen aus den Strategiestationen um den Raum und aus angrenzenden Tunneln. Sie sahen ihn erwartungsvoll an.

„Unser Kampf ist vorüber“, erklärte Nield. „Wir haben den Sieg errungen!“

Die Jungen jubelten wild. Nield hob eine Hand.

„Unser Raubzug auf das Waffenlager der Daan war erfolgreich. Wir haben die Waffen gestohlen, die die Daan nicht für den Angriff der Melida oder für das Schießen auf imaginäre Angreifer verbraucht haben. Wir haben sie im Nordtunnel eingelagert. Die Melida …“, er machte eine Pause und grinste, „… haben ihre eigenen Lagerhäuser in die Luft gesprengt, damit die Daan nicht ihre Waffen bekommen!“

Die Jungen brachen in lautes Lachen aus. Sie jubelten voller Freude.

„Wir haben unsere Nachrichten beiden Seiten übermittelt. Wir haben sie wissen lassen, dass Die Jungen hinter dem Kampf stecken und dass wir es geschafft haben, ihre Waffen zu stehlen. Ohne Waffen können sich die Alten nicht gegenseitig bekämpfen. Heute haben wir einen großen Schritt in Richtung Frieden getan!“

Freude floss wie ein Strom durch den Raum. Qui-Gon sah, wie Nield sich vorbeugte und Cerasis Hand nahm. Er zog sie zu sich hoch. Dann griff er nach Obi-Wan. Lächelnd stieg Obi-Wan auf das Grab und nahm seinen Platz zwischen den beiden Anführern ein.

Die Jungen griffen nach oben und berührten seine Tunika. Obi-Wan griff nach unten, um ihre Hände zu schütteln und ihre Gratulationen entgegenzunehmen. Nield, Cerasi und Obi-Wan fassten sich bei den Händen. Nicht ein einziges Mal sah Obi-Wan zu Qui-Gon. Es war, als wäre der Jedi nicht im Raum. Es war, als wäre Obi-Wan kein Jedi.

Es war, als wäre er ein Teil von *ihnen*. Als wäre er ein Teil der Jungen geworden.

Kapitel 13

Qui-Gon verließ den Raum und fand einen stillen Ort in einem angrenzenden Tunnel, um Yoda zu kontaktieren. Der Jedi-Meister erschien in Form eines Miniatur-Hologramms. Qui-Gon informierte ihn kurz über die Situation und Tahls Rettung.

Yoda legte nachdenklich eine Hand auf seine Stirn. „Erleichtert ich bin zu hören dies", sagte er. „Besorgt ich bin zu hören, dass Tahl ist verletzt. Behandlung sie braucht."

„Ich werde aufbrechen, sobald sie stärker und die Lage sicher ist", versprach Qui-Gon. „Aber die Situation auf Melida/Daan bleibt angespannt."

Yoda nickte ein paar Mal. „Gehört habe ich dich, Qui-Gon. Aber erinnern ich dich muss, dass weder die Melida noch die Daan gebeten haben um unsere Hilfe. Fast einen Jedi verloren ich habe bereits. Bereit, zwei weitere zu opfern bin ich nicht."

„Wir könnten Tahl zurückbringen und dann hierher zurückkehren", schlug Qui-Gon vor.

Yoda schwieg einen Augenblick. „Vor den Rat der Jedi gehen du musst", sagte er schließlich. „Diese Entscheidung alleine fällen, ich nicht will. Gesorgt für Tahl werden muss. Dann entscheiden wir müssen, ob helfen wir können. Bis dahin keine Partei ergreifen die Jedi dürfen. Gefährden würde es den Frieden. Vermeiden du musst zu verärgern die eine Seite oder die andere."

Wie immer war Yodas Entscheidung wohl bedacht. Die Melida würden bereits wütend werden, wenn sie hörten, dass die Jedi in ihre Baracken eingebrochen waren. Und wenn es sich herumsprach, dass Obi-Wan an einem Raubzug im Daan-Territorium teilgenommen hatte, wären die Daan verärgert.

Qui-Gon verneigte sich. „Ich hoffe, dass ich Tahl morgen in guter Verfassung vorfinde. Ich werde bald zurückkehren, Meister."

„Auf diesen Tag freuen ich werde mich", sagte Yoda freundlich. Das Hologramm flimmerte und verschwand.

„Zurückkehren? Wir können nicht zurückkehren!", rief Obi-Wan. „Wir können Die Jungen jetzt nicht allein lassen. Sie brauchen uns."

„Wir haben keine offizielle Anfrage erhalten, auf diesem Planeten für Stabilität zu sorgen", erklärte Qui-Gon geduldig. „Vielleicht wird der Jedi-Rat auf Coruscant ..."

„Wir können nicht warten, bis der Jedi-Rat darüber beratschlagt", unterbrach ihn Obi-Wan und schüttelte den Kopf. „Wenn wir zu lange warten, werden sich die Melida und die Daan wieder bewaffnen. *Jetzt* ist die Zeit zu handeln."

„Obi-Wan, hör mir zu", sagte Qui-Gon streng. „Yoda hat uns angewiesen, zurückzukehren. Tahl braucht Hilfe."

„Sie braucht Ruhe und medizinische Betreuung", meinte Obi-Wan. „Das können wir auch hier für sie bekommen. Cerasi kann mir sagen, wo ich dazu hingehen muss. Wir können einen Heiler mitbringen oder einen Ort finden, an dem sie sicher ist ..."

„Nein", sagte Qui-Gon und schüttelte den Kopf. „Sie muss zum Tempel zurückgebracht werden. Wir können hier nichts mehr tun, Padawan. Wir werden morgen aufbrechen."

„Ein Teil unserer Mission war es, die Lage auf dem Planeten zu stabilisieren, wenn wir können", beharrte Obi-Wan. „Das haben wir nicht getan. Aber wir *können* es schaffen, wenn wir bleiben!"

„Wir wurden nicht gebeten ..."

„Wir wurden von den Jungen gebeten!", rief Obi-Wan.

„Das ist keine offizielle Anfrage", gab Qui-Gon gereizt zurück. Der Junge begann, seine Geduld zu strapazieren.

„Ihr habt die Regeln schon einmal gebrochen, Qui-Gon", erklärte Obi-Wan. „Auf Gala habt Ihr mich allein gelassen, um ins Hügelland zu gehen, obwohl Ihr angewiesen worden wart, im Palast zu bleiben. Ihr brecht die Regeln, wenn es Euch passt."

Qui-Gon holte tief Atem und versuchte, seinen Ärger zu unterdrücken. Er wollte auf Obi-Wans Zorn nicht reagieren. „Ich breche die Regeln nicht, weil es mir passt", sagte er vorsichtig, „sondern weil die Regeln manchmal während einer Mission im Weg stehen. Das ist hier nicht der Fall. Ich glaube, Yoda hat Recht."

„Aber ...", unterbrach Obi-Wan, doch Qui-Gon erhob eine Hand.

„Morgen werden wir aufbrechen, Padawan", sagte er streng.

Plötzlich ertönte ein Brüllen von den Jungen, die sich in der anderen Ecke des Gewölbes versammelt hatten. Cerasi kam zu den Jedi herüber gerannt. Sie strahlte.

„Es ist offiziell!", rief sie. „Da wir keine Antwort auf unsere Bitte um Frieden erhalten haben, haben wir den Älteren den Krieg erklärt. Wenn sie nicht sofort Friedensverhandlungen zwischen den Melida und den Daan zustimmen, werden wir sie mit ihren eigenen Waffen angreifen. Sie müssen uns jetzt eine Antwort geben." Sie drehte sich mit leuchtenden Augen zu Obi-Wan. „Das ist der letzte Schritt, den wir unternehmen müssen, um die Geschichte von Melida/Daan zu ändern. Wir brauchen eure Hilfe mehr denn je!"

Kapitel 14

Ärger und Hilflosigkeit übermannten Obi-Wan und er konnte Cerasi nicht antworten.

Qui-Gon war es, der sanft sagte: „Es tut mir Leid Cerasi. Wir müssen morgen aufbrechen."

Obi-Wan wartete nicht auf Cerasis Reaktion. Er konnte sich nur mit schmerzendem Herzen wegdrehen. Er hatte sie enttäuscht.

Es hatte keinen Zweck. Er konnte Qui-Gons Meinung nicht ändern. Schweigend half er Qui-Gon, der sich um Tahl kümmerte. Sie bereiteten Brot und Tee für sie und gaben ihr zu essen. Cerasi hatte Qui-Gon ein Medpac gegeben und er konnte ein paar von Tahls Wunden behandeln. Obi-Wan wusste, dass sie morgen reisefähig sein würde. Die Kraft der Jedi-Heilung war bemerkenswert.

Sobald Tahl versorgt war, setzte sich Obi-Wan an die Wand und versuchte, sein aufgewühltes Herz zu beruhigen. Etwas, das er nicht verstand, geschah mit ihm. Er fühlte sich, als ob zwei Teile in ihm wären: ein Jedi und eine Person namens Obi-Wan. Bisher hatte er das Jedi-Dasein nicht von seiner Person trennen können.

Für Nield und Cerasi war er kein Jedi gewesen. Er war einer von ihnen gewesen. Er hatte nicht die Macht gebraucht, um sich mit etwas verbunden zu fühlen, was größer war als er selbst.

Jetzt verlangte Qui-Gon von ihm seine Freunde zu verlassen, gerade als sie ihn brauchten. Er hatte beschlossen, ihnen zu helfen, hatte mit ihnen gekämpft und jetzt musste er gehen, weil ein Älterer es ihm sagte.

Im Tempel war ihm Loyalität als eine solch einfache Idee erschienen. Er hatte gedacht, dass er der beste Padawan würde, den es gäbe. Er würde seinen Geist und seine Kraft mit seinem Meister verschmelzen und ihm dienen.

Aber so wollte er nicht dienen. Obi-Wan schloss seine Augen und Hilflosigkeit stieg wieder in ihm hoch. Er presste seine Hände zwischen seine Knie, um ihr Zittern zu stoppen. Er hatte Angst vor dem, was mit ihm geschah. Er konnte nicht zu Qui-Gon gehen und ihn um Rat fragen. Er glaubte nicht mehr an Qui-Gons Rat. Und doch konnte er sich nicht widersetzen.

Auf der anderen Seite des Raumes war Nield ebenso unruhig. Er ging still im Hauptquartier umher. Jedermann wartete darauf, dass die Räte der Melida und Daan auf die Kriegserklärung antworteten. Der lange Abend wurde zur Nacht und noch immer kam kein Wort.

„Sie nehmen uns nicht ernst", sagte Nield bitter. „Wir müssen wieder zuschlagen und zwar hart genug, damit sie wach werden und uns wahrnehmen."

Cerasi legte ihre Hand auf seinen Arm. „Aber nicht heute Nacht. Alle brauchen Ruhe. Morgen können wir wieder planen."

Nield nickte. Cerasi dimmte die Glühstäbe herunter, bis sie nur noch blasse Lichtpunkte an den dunklen Wänden waren, wie ferne Sterne an einem schwarzen Himmel.

Qui-Gon rollte sich in seinem Mantel ein und legte sich neben Tahl schlafen, falls sie nachts nach ihm rief. Obi-Wan sah, wie die Jungen und Mädchen erschöpft in den Schlaf fielen. Drüben in der Ecke sah er Cerasi und Nield beieinander sitzen. Sie sprachen leise.

Ich müsste bei ihnen sein, dachte Obi-Wan bitter. Er gehörte zu ihnen, wollte Strategien und Pläne mit ihnen besprechen. Stattdessen musste er still hier sitzen, passiv. Konnte ihre Hingabe und ihre Entschlossenheit nur beobachten. Cerasi hatte ihn während dieses langen Abends nicht ein einziges Mal angesehen. Nield auch nicht. Sie waren zweifellos enttäuscht und verärgert.

Zögernd stand Obi-Wan auf. Wenn er sie schon morgen verlassen musste, sollten sie wenigstens wissen, dass er keine andere Wahl hatte. Leise ging er zwischen den schlafenden Kindern hindurch zu ihnen hin.

„Ich möchte jetzt auf Wiedersehen sagen", erklärte er. „Wir werden morgen sehr früh aufbrechen." Er machte eine Pause. „Es tut mir Leid, dass ich nicht bleiben kann, um euch zu helfen. Ich würde es gerne tun."

„Das verstehen wir", sagte Nield in einem schnippischen Ton. „Du musst deinem Älteren gehorchen."

„Es ist weniger Gehorsam als Respekt", erklärte Obi-Wan. Seine Worte hörten sich nicht überzeugend an. Sogar er war nicht überzeugt.

„Ah", sagte Cerasi mit einem Nicken. „Mein Problem ist, dass ich diese Respekt-Sache niemals hatte. Mein Vater hat mir gesagt, was richtig ist und er lag immer falsch. Was macht es schon, hat er immer gesagt, wenn Tausende oder Millionen sterben? Der Himmel über uns ist blau und unsere Welt bleibt dieselbe. Der Sinn ist das Wichtige. Und genau so sagt dir dein Jedi-Chef, was du zu tun hast und du tust es. Obwohl du weißt, dass er Unrecht hat. Und das heißt dann Respekt." Sie sah Nield an. „Vielleicht habe ich zu lange im Dunkeln gelebt. Aber das verstehe ich einfach nicht."

Obi-Wan stand verwirrt vor ihnen. Er war völlig durcheinander. Der Weg der Jedi war für ihn immer so klar gewesen wie eine Quelle aus reinem Wasser. Doch Cerasi hatte das Wasser getrübt, durchsetzt mit Zweifeln.

„Ich würde helfen, wenn ich könnte", sagte er schließlich. „Wenn ich etwas tun könnte, um die Lage zu verändern ..."

Nield und Cerasi sahen sich an, dann wieder Obi-Wan.

„Was ist los?", fragte Obi-Wan.

„Wir haben einen Plan", erklärte Cerasi.

Obi-Wan kauerte sich neben sie hin. „Erzählt ihn mir."

Nield und Cerasi lehnten sich vor, ihre Köpfe berührten fast den von Obi-Wan.

„Du weißt, dass die Stadt von Deflektor-Türmen umringt ist", flüsterte Cerasi. „Es gibt auch Türme um das Melida-Zentrum. Diese Türme kontrollieren die Partikelschilde, verhindern ein Eindringen und trennen die Melida von den Daan."

„Ja, ich habe sie gesehen", sagte Obi-Wan nickend.

Nield sah ihn an. „Wir hatten Kontakt mit den Jungen außerhalb der Stadt", erklärte er. „Ich habe ihnen eine Nachricht geschickt, dass es uns gelungen ist, die Waffen der Melida und Daan an uns zu bringen. Die Stadt ist von diversen zerstörten Dörfern umgeben. Viele der Kinder leben dort oder auf dem Land. Hunderte. Tausende, wenn wir einen größeren Bereich nehmen. Sie sind alle durch ein Netzwerk verbunden. Wenn wir die Partikelschilde zerstören könnten, würden sie auf Zehava marschieren."

„Und auch sie haben Waffen", fügte Cerasi hinzu. „Wir hätten eine Armee. Die Älteren wären dann nicht nur in der Unterzahl, sie hätten nichts, um damit zu kämpfen. Wir könnten einen Krieg ohne einen einzigen Toten gewinnen – wenn wir vorsichtig sind und die Älteren klug genug, sich zu ergeben."

„Das hört sich nach einem guten Plan an", meinte Obi-Wan. „Aber wie wollt ihr die Deflektor-Türme ausschalten?"

„Da liegt unser Problem", sagte Nield. „Sie können nur aus der Luft zerstört werden. Alles, was wir brauchen, ist ein Luftfahrzeug."

„Wir können keine Schweber benutzen", erklärte Cerasi. „Die Deflektor-Türme sind mit einem Abwehrsystem ausgerüstet. Schweber wären nicht schnell, nicht beweglich genug. Wir brauchen einen Raumjäger."

Cerasi und Nield sahen Obi-Wan eindringlich an.

„Wir wissen, dass ihr mit einem schnellen Transporter nach Melida/Daan gekommen seid. Wirst du uns auf dieser Mission fliegen?", fragte Cerasi.

Obi-Wan stockte der Atem. Cerasi und Nield verlangten viel von ihm. Dies würde mehr sein als Ungehorsam eines Padawan. Er würde sogar Yodas Anweisungen missachten.

Qui-Gon würde von seinem Recht Gebrauch machen, ihn zum Tempel zurückzuschicken. Er würde möglicherweise vor dem Rat der Jedi erscheinen müssen. Und Qui-Gon hätte das Recht, ihn als seinen Padawan wieder abzulehnen.

„Wir können bei Morgengrauen aufbrechen", sagte Nield. „Die Mission dürfte nur eine Stunde dauern, vielleicht ein bisschen länger. Dann könnt ihr Tahl zurück nach Coruscant bringen."

„Die Zerstörung des Partikelschilds wird es euch sogar leichter machen, Tahl aus Zehava heraus zu schmuggeln", gab Cerasi zu bedenken.

„Aber wenn der Raumjäger beschädigt wird, könnte das bedeuten, dass sie überhaupt nicht weg kann", sagte Obi-Wan. „Dann würde unsere Mission fehlschlagen und ich wäre möglicherweise für Tahls Tod verantwortlich."

Cerasi biss sich auf die Lippe. „Es war ein Fehler von mir, dich vorhin zu verspotten", sagte sie unbehaglich, so als wäre sie nicht gewohnt, sich zu entschuldigen. „Ich weiß, dass du nach dem Jedi-Kodex lebst. Und wir wissen, dass wir dich um sehr viel bitten. Wenn wir nicht verzweifelt wären, würden wir das nicht tun. Du hast bereits so viel für uns getan."

„So wie ihr viel für uns getan habt", meinte Obi-Wan. „Wir hätten Tahl nicht ohne euch retten können."

„Das ist unsere einzige Chance auf Frieden", sagte Nield. „Wenn die Älteren erst einmal sehen, wie viele wir sind, haben sie keine andere Möglichkeit als sich zu ergeben."

Obi-Wan sah hinüber zu Qui-Gons Schlaflager. Er schuldete seinem Meister so viel. Qui-Gon hatte an seiner Seite gekämpft, ja ihm sogar das Leben gerettet. Zwischen ihnen bestand eine Verbindung.

Und doch fühlte er sich auch mit Nield und Cerasi verbunden. Die Kürze der Zeit, in der er sie kannte, spielte dabei keine Rolle. Die Kraft, die zwischen ihnen floss, war etwas, was er noch nie zuvor erlebt hatte. Und auch wenn sich Cerasi dafür entschuldigt hatte, ihn verspottet zu haben – war da nicht ein Hauch von Wahrheit in ihren Worten? War es richtig zu gehorchen, wenn sein Herz ihm sagte, dass er falsch lag?

Cerasis normalerweise wilder grüner Blick wurde weich und voller Zuneigung, als sie sah, wie er mit sich kämpfte. Nield schaute ihn direkt und warm an. Auch er wusste, dass sie Obi-Wan um ein großes Opfer baten.

Er würde Qui-Gon verraten müssen, sein Leben als

Jedi. Für sie. Für ihre Sache. Sie konnten ihn darum bitten, weil sie wussten, dass sie im Recht waren.

Auch Obi-Wan wusste, dass sie im Recht waren. Und er wollte sie nicht enttäuschen. Er konnte seine Entscheidung nicht als Jedi treffen. Er würde sie als Freund treffen.

Er atmete tief ein. „Ich werde es tun."

Kapitel 15

Sie schlichen sich noch vor Sonnenaufgang hinaus. Cerasi führte sie durch die Tunnel zum äußeren Ring. Dann verließen sie Zehava auf demselben Weg, auf dem Obi-Wan und Qui-Gon angekommen waren – durch die Halle der Zeugen, zurück zu der Falltür. Dieses Mal hatte Nield ein fein gesponnenes Carbonseil dabei, das er zur Oberfläche hochwarf. Ein starker Magnet hielt es an der Tür fest und sie konnten mit Leichtigkeit hochklettern.

Der Marsch zum Raumjäger ging im kühlen, grauen Licht schnell. Alle drei hatten Protonen-Granaten in ihren Taschen. Sie waren schwer, doch sie spürten das Gewicht kaum. Sie konnten es kaum erwarten, zum Schiff zu kommen und ihre Mission zu beginnen.

Als sie den Raumjäger erreichten, halfen Nield und Cerasi Obi-Wan, ihn von den Blättern zu befreien, die Qui-Gon und er darüber gelegt hatten. Nield strahlte, als er den eleganten, kleinen Raumjäger sah. Dann bemerkte er die Beule in der Seitenwandung. Er drehte sich zu Obi-Wan.

„Ich hätte dich noch etwas fragen sollen. Bist du ein guter Pilot?“

Obi-Wan stierte ihn einen Moment lang verständnislos an. Dann brach Cerasi in Gelächter aus. Nield und Obi-Wan stimmten ein und ihr Lachen hallte von den Wänden der Schlucht wider.

„Das werden wir schon herausfinden", sagte Cerasi begeistert.

Sie kletterten in den Raumjäger. Obi-Wan setzte sich auf den Pilotensitz. Einen Augenblick lang zögerte er und starrte auf die Kontrollen. Als er das letzte Mal hier gewesen war, hatte er das Schiff gelandet und Qui-Gon hatte im Kopilotensitz gesessen. Qui-Gon hatte Scherze darüber gemacht, dass er die Seite des Raumjägers zerkratzt hatte. Obi-Wan spürte einen Anflug von Bedauern. Tat er das Richtige? War diese Sache es wert, Qui-Gon zu verraten?

Cerasi berührte sanft sein Handgelenk. „Wir wissen, dass es schwer für dich ist, Obi-Wan. Das macht dein Opfer für uns noch wertvoller."

„Und wir danken dir von ganzem Herzen", sagte Nield ruhig.

Obi-Wan drehte sich um und sah sie an. Ein Schock durchfuhr ihn, so als würde er sich selbst ansehen. In den entschlossenen Blicken seiner Freunde erkannte er, was er in seinem Herzen spürte – dieselbe Hingabe, dieselbe Wildheit, denselben Wagemut. Er fühlte, wie seine Entschlossenheit wuchs. Er tat das Richtige. Vielleicht würde Qui-Gon das eines Tages verstehen.

Er startete das Ionen-Triebwerk. „Los geht's."

„Wir sollten zuerst die Türme am Stadtrand, dann die im Zentrum ausschalten", sagte Cerasi. „Wir müssen alles nach Sicht machen. Ich habe keine Daten für den Nav-Computer."

„Das ist kein Problem", sagte Obi-Wan. Er hielt die Maschinen auf niedriger Energie, als das Schiff aufstieg, um über die überhängende Klippe zu gelangen. Dann gab er dem Triebwerk vollen Schub, um über die Schlucht zu rasen. Niemand sagte ihm, dass er langsamer fliegen sollte.

„Ich werde ein paar Ausweichmanöver fliegen müssen, es ist also besser, wenn ihr das Zielen übernehmt", erklärte Obi-Wan. „Die Station für die Laserkanone ist genau vor dir, Cerasi."

Nield ging zu seiner Laserkanonen-Station.

„Ich werde die Notfall-Zielabdeckung öffnen, wenn wir näher kommen", sagte Obi-Wan zu ihm. „Denkt immer daran, auf Gleiter zu achten. Wir müssen tief anfliegen, um die Deflektor-Kontrollen zu treffen."

Die zwei Deflektor-Türme, die den Hauptzugang flankierten, kamen innerhalb von Sekunden in Sichtweite. „Jetzt geht's los", sagte Obi-Wan mit zusammengebissenen Zähnen.

„Gleiter von rechts", rief Cerasi. „Wir müssen auf deren Abtastern erschienen sein."

Obi-Wan zog scharf nach links und wieder zurück nach rechts. Der Gleiter, dessen Pilot überrascht war, einen Raumjäger direkt auf sich zufliegen zu sehen, drehte scharf nach unten ab und feuerte dabei. Obi-Wan nahm eine kleine Kurskorrektur vor, die das Schiff drehte, so dass die Rakete links vorbeischoss. Sie detonierte außerhalb der Stadtmauern.

„Das werden sie nicht noch einmal machen“, bemerkte Cerasi. „Sie könnten einige Gebäude dem Erdboden gleich machen, wenn wir erst einmal über der Stadt sind.“

„Sie werden vielleicht eine niedrigere Feuerkraft einsetzen“, stimmte Nield zu.

„Wir müssen die Mission schaffen, ohne sie vom Himmel zu holen“, sagte Cerasi besorgt. „Wir müssen ihnen zeigen, dass der Friede unser absolutes Ziel ist.“

„Das ist mein Job“, sagte Obi-Wan. „Der Turm ist in Reichweite. Lasst ihn uns abschießen.“

Ein weiterer Schweber kam von links und noch mehr stiegen wie ein Insektenschwarm auf, möglicherweise vom entfernten Daan-Militärhauptquartier. Obi-Wan kalkulierte die langsamere Geschwindigkeit der Schweber ein. Er musste lange genug auf dieser Höhe bleiben, um Cerasi und Nield das Zielen zu ermöglichen. Er musste gerade genug Zeit haben …

Er öffnete die Abdeckung des Zielfensters für Nield. Der stützte sich an der Hülle des Raumjägers ab und zielte mit seiner Laserkanone. Cerasi hatte die Finger an ihrem Kontrollgriff.

„Jetzt!“, rief Obi-Wan und zischte näher an den Deflektor-Turm heran.

Cerasi und Nield feuerten die Kanonen ab. Sobald die Projektile unterwegs waren, gab Obi-Wan Vollgas und schoss über den Gleiter hinweg, der auf seine linke Flanke zukam. Blasterfeuer folgte ihnen. Das Schiff bekam einen leichten Treffer am Tragwerk ab, aber nicht genug, um es zu beschädigen.

Cerasi und Nield landeten beide einen perfekten Treffer auf den Turm. Obi-Wan spürte, wie die Erschütterung durch den Treffer an der Hülle des Raumjägers rüttelte. Der Gleiter torkelte vom Luftdruck und der Fahrer versuchte, ihn wieder unter Kontrolle zu bekommen. Der Partikelschild war jetzt leicht zu sehen. Er zerfiel in einem Regen aus blau leuchtenden Atomen.

Obi-Wan, Nield und Cerasi jubelten, als Obi-Wan bereits drehte, um den nächsten Turm zu beschießen. Jetzt waren die Militär-Schweber beinahe bei ihm.

„Sieben Schweber", sagte Cerasi. Sie schien besorgt. „Schaffen wir das, Obi-Wan?"

„Wenn wir schnell sind. Könnt ihr auf dem Kopf zielen?", fragte er und flog aus der Reichweite der Schweber.

Cerasi grinste. „Kein Problem."

Nield brachte seine Laserkanone in Position. „Also los."

Obi-Wan peitschte den Antrieb. Der Raumjäger stürzte mit Höchstgeschwindigkeit aus dem Himmel herab. Er wusste, dass er technisch gesehen zu schnell für diese Höhe war, doch er wusste auch, dass er das Schiff unter Kontrolle hatte. Und es saß niemand im Kopilotensitz, der ihn an die Raumfahrtregeln erinnerte oder vor Gefahren warnte. Er fühlte sich wie berauscht. Zum ersten Mal in seinem Leben musste er niemandem Rede und Antwort stehen. Keine Jedi-Regeln, keine höheren Weisheiten galten jetzt an Bord dieses Schiffes.

Er steuerte im Zickzack während des Anstiegs und flog das Schiff so schnell, wie er nur konnte. Die Schweber fielen zurück und schossen, waren voller Angst, mit dem Raumjäger zusammenzustoßen. Mit der Macht als Helfer konnte Obi-Wan dem schlimmsten Feuer ausweichen.

Als er näher kam, wurden die Schweber waghalsiger. Einer kam feuernd direkt auf ihn zu.

„Jetzt ...!“, rief Obi-Wan.

Im letzten Moment drehte er den Raumjäger auf den Rücken und tauchte unter dem Schweber durch. Er steuerte das Schiff, so dass es eine saubere Schusslinie auf den Turm hatte.

Nield und Cerasi schossen. Der Deflektor-Turm explodierte und schleuderte Splitter in alle Richtungen. Obi-Wan drehte den Raumjäger mit der rechten Seite nach oben und beschleunigte auf Höchstgeschwindigkeit. Die Schweber wichen panisch aus, um nicht zu kollidieren.

„Alles in Ordnung?“, fragte Obi-Wan.

„Ich bin nur schwindlig“, erklärte Cerasi und wischte sich den Schweiß von der Stirn. „Das war ein unglaublicher Flug.“

„Okay, folge der Mauer“, wies Nield Obi-Wan an. „Wir werden die Türme an der Stadtgrenze einen nach dem anderen abschießen.“

Die Militär-Schweber verfolgten sie, doch sie konnten nicht so hoch und schnell wie der Raumjäger fliegen. Immer mehr Schweber beteiligten sich an der Verfolgung. Um die anderen Deflektor-Türme zu treffen, musste Obi-Wan immer wieder dasselbe Manöver in Höchstgeschwindigkeit durchführen, damit er nicht von den Gleitern abgeschossen wurde oder mit ihnen zusammenstieß. Ihr Vorteil war die Schnelligkeit und Wendigkeit des Raumjägers und die unglaubliche Präzision von Cerasi und Nield.

Sie zerstörten einen Turm nach dem anderen, wobei die Gleiter immer nah an ihrer Seite waren. Die Gleiter versuchten, Obi-Wan in die Zange zu nehmen, doch er war zu schnell für sie.

Als sie sahen, wie der letzte Turm explodierte, jubelten die drei vor Erleichterung. Cerasi beugte sich hinüber und umarmte Obi-Wan. Nield klopfte ihm auf die Schulter.

„Ich wusste, dass wir uns auf dich verlassen können, Freund", sagte er voller Freude. Er überprüfte seine Laserkanone. „Wir haben noch genug Feuerkraft übrig. Was würdet ihr sagen, wenn wir die Hallen der Zeugen in Nano-Partikel zerblasen?"

Cerasi runzelte die Stirn. „Jetzt? Aber Nield, wir müssen zurück. Wir müssen die Melida und die Daan zu Friedensverhandlungen bringen, so lange sie schwach sind."

„Außerdem könnten Leute drin sein", gab Obi-Wan zu bedenken.

Cerasi sah Nield an. „Wir haben gesagt, dass wir diese Mission ohne den Verlust von Menschenleben durchführen würden."

Nield biss sich auf die Lippe, als er aus dem Sichtfenster auf Zehava hinabsah. „Je früher diese Hallen des Hasses in die Luft gesprengt sind, desto früher können alle auf diesem Planeten wieder aufatmen", murmelte er. „Ich verachte alles, was sie symbolisieren."

„Ich weiß", sagte Cerasi. „Das tue auch ich. Aber wir sollten einen Schritt nach dem anderen unternehmen."

„Also gut", stimmte Nield widerwillig zu. „Aber lasst uns eine letzte Sache tun. Lasst uns, bevor wir landen, noch eine schnelle Runde über das Land drehen. Deila hat darauf gewartet, die Nachricht weiterzugeben, dass die Schilde an den Grenzen ausgeschaltet sind. Die Scavenger-Jungen müssten eigentlich gerade mobil machen."

Obi-Wan flog in größer werdenden Kreisen über das Land. Überall sahen sie junge Leute, Jungen und Mädchen, aus Farmen, Dörfern und Wäldern strömen. Viele befanden sich bereits auf der Straße nach Zehava. Manche fuhren auf klapprigen Gleitern oder notdürftig hergerichteten Turbo-Traktoren. Diejenigen, die in Reihen gingen, marschierten in militärischem Stil. Als sie den Raumjäger über sich sahen, winkten sie und riefen Grüße, die die drei nicht hören konnten. Obi-Wan winkte mit den Tragflächen, um die Grüße zu erwidern.

Tränen standen in Cerasis Augen. „Diesen Tag werde ich niemals vergessen", sagte sie. „Und ich werde niemals vergessen, was du für uns getan hast, Obi-Wan Kenobi."

Obi-Wan wendete den Raumjäger und flog zurück zum Landegebiet. Es war ihm egal, wie wütend Qui-Gon war und ob er ihn zum Tempel zurückschicken würde. Dieser Augenblick war es wert.

Kapitel 16

Qui-Gon war früh aufgewacht und hatte nach Tahl gesehen. Sie schlief tief. Das war gut. Schlaf war die beste Heilung, bis er sie nach Coruscant bringen konnte.

Er hatte gesehen, wie Obi-Wan zusammen mit Nield und Cerasi verschwunden war. Es bestand kein Zweifel, dass er noch einen letzten Ausflug mit seinen Freunden unternehmen wollte, bevor sie gingen. Qui-Gon wollte es zulassen. Er wusste, wie schwer es für den Jungen war, sie zu verlassen.

Und er hatte seinen eigenen Plan.

Er hatte ein kleines Mädchen namens Roenni gebeten, auf Tahl Acht zu geben. Dann hatte er sich durch die Tunnel auf den Weg gemacht, den er in der Nacht zuvor ausgekundschaftet hatte. Er schlich sich davon, während der Rest der Jungen ihren Sieg feierte.

Als er in der verlassenen Gegend an der Grenze zwischen Melida- und Daan-Gebiet an die Oberfläche kam, war es noch immer dunkel. Ein paar wenige Sterne funkelten am tiefblauen Himmel, der am Horizont in ein Grau überging.

Qui-Gon hatte in der Gasse gewartet, bis er sicher war, dass all diejenigen erschienen waren, die er eingeladen hatte. Dann ging er zu dem zerbombten Gebäude an der Ecke.

Letzte Nacht hatte er von einem der Boten der Jungen eine Nachricht an Wehutti schicken lassen. Er hatte um ein Treffen des Melida- und des Daan-Rates gebeten und ausrichten lassen, dass es in ihrer aller Interesse war zu erscheinen. Er hatte Neuigkeiten über Die Jungen, die sie wissen mussten.

Bis jetzt war er sich nicht sicher gewesen, ob irgendjemand erscheinen würde. Und er war sich auch noch nicht sicher, ob nicht eine der Seiten versuchen würde, ihn gefangen zu nehmen. Es war eher ein verzweifelter Schachzug. Er war auf alles vorbereitet. Doch er musste einen letzten Versuch im Namen des Friedens unternehmen, bevor er Melida/Daan verließ. Er hatte die Verzweiflung in Obi-Wans Gesicht gesehen. Er tat es für seinen Padawan.

In der Nähe eines zerbrochenen Fensters hielt er einen Moment inne, um zu horchen.

„Und wo ist der Jedi?“, fragte eine Stimme voller Kälte. „Wenn das wieder ein Melida-Trick ist, werden wir zurückschlagen, das schwöre ich beim ehrenvollen Gedenken an unsere Märtyrer.“

„Das ist wohl eher ein schmutziger *Daan*-Trick.“ Qui-Gon erkannte Wehuttis Stimme. „Es ist nämlich ein Trick von Feiglingen, der eurer ehrlosen Vorfahren würdig ist.

Seinen Feind unter falschen Vorgaben zu einem Treffen locken. Unsere Truppen können innerhalb von Sekunden hier sein."

„Und was werden sie unternehmen? Mit Kieselsteinen werfen?", fragte die andere Stimme amüsiert. „Haben die Melida nicht ihre eigenen Waffenlager gesprengt, weil sie vor den angreifenden Daan Angst hatten?"

„Und haben die Daan nicht zugelassen, dass ihre Lager vor ihren eigenen Augen ausgeräumt wurden?", spottete Wehutti.

Qui-Gon wusste, dass es jetzt Zeit war hineinzugehen. Er kletterte über eine halb zerstörte Wand. Die Mitglieder des Melida-Rates standen auf einer Seite des Raumes, schwer bewaffnet und in Plastoid-Panzerung gekleidet. Die Daan standen auf der gegenüber liegenden Seite, beinahe identisch ausgestattet. Die Mitglieder beider Gruppen hatten Narben verheilter Wunden. Einigen fehlten Arme und Beine oder sie atmeten durch Atemmasken. Es war nicht einfach, die beiden schwer angeschlagenen Gruppen auseinander zu halten.

„Keine Tricks, kein Hinterhalt", erklärte Qui-Gon und ging in die Mitte des Raumes. „Und wenn die Melida und Daan kooperieren, wird es auch nicht viel Zeit in Anspruch nehmen."

Die Mitglieder des Daan-Rates sahen genauso skeptisch wie die der Melida aus, dachte Qui-Gon als er in die Runde blickte. Wenigstens hatten beide Gruppen eines gemeinsam: Misstrauen.

„Was für Neuigkeiten von den Jungen habt Ihr uns mitgebracht?“, fragte Wehutti ungeduldig.

„Und warum sollte es uns interessieren, was Kinder tun?“, fragte ein älterer Daan missmutig.

„Weil sie euch gestern als Narren hingestellt haben“, antwortete Qui-Gon milde. Er wartete die scharfen Atemzüge und die hasserfüllten Blicke ab, die in seine Richtung geworfen wurden. „Und, ganz praktisch betrachtet, sie haben die meisten eurer Waffen gestohlen“, fügte er hinzu. „Sie haben um Entwaffnung gebeten und ihr habt diese Bitte ignoriert. Offensichtlich sind sie sehr wohl in der Lage zu bekommen, was sie wollen.“

„Alles, was wir tun müssen, ist hineingehen und unsere Waffen holen“, erklärte der Anführer der Daan schnarrend durch eine Atemmaske. „Wie in einen Laden.“

„Ich warne euch“, sagte Qui-Gon und drehte sich, um jedem im Raum in die Augen zu sehen. „Unterschätzt Die Jungen nicht. Sie haben von euch gelernt, wie man kämpft. Sie haben von euch Beharrlichkeit gelernt. Und sie haben ihre eigenen Vorstellungen.“

„Mussten wir herkommen, um uns das anzuhören?“, brummte der Daan-Anführer. „Wenn ja, dann habe ich genug gehört.“

„Ich muss Gueni ausnahmsweise zustimmen“, erklärte Wehutti und bezog sich damit auf den Daan mit der Atemmaske. „Das hier ist Zeitverschwendung.“

„Ich muss euch dringend bitten, noch einmal darüber nachzudenken“, sagte Qui-Gon. „Wenn ihr eine Koalition bildet, könntet ihr Zehava und damit Melida/Daan kontrollieren. Wenn nicht, werden Die Jungen diesen Krieg gewinnen. Es wird damit enden, dass sie ihre Eltern regieren. Und obwohl ihre Ziele ehrenhaft sind, werden sie einen hohen Preis bezahlen müssen, um sie zu erreichen."

Wehutti ging in Richtung Ausgang, gefolgt von den anderen Melida-Anführern. „Uns mit den Daan vereinen? Ihr träumt!"

Gueni brach ebenfalls schnell auf, so als wolle er nicht, dass die Melida als erste gingen. Die anderen Daan folgten ihm auf den Fersen. „Undenkbar!"

Plötzlich erschütterte eine Explosion eine Fensterscheibe. Die Daan und Melida sahen sich an.

„Das ist ein Trick!", brüllte Wehutti. „Die hinterhältigen Daan greifen uns an!"

„Die abscheulichen Melida greifen an!", rief Gueni im gleichen Moment. „Dämonen!"

Qui-Gon ging zum Fenster. Er sah hinaus, konnte aber nichts erkennen. Als er die Gegend absuchte, durchschnitt eine weitere Explosion die Stille. Seiner Berechnung nach musste sie aus dem Daan-Sektor gekommen sein. Aber was konnte es gewesen sein?

In der nächsten Sekunde begann Guenis Comlink zu piepen. Der Daan ging hastig in eine Ecke, um die Nachricht ungestört anzunehmen. Während Gueni mit dem Rücken zum Raum die Nachricht hörte, begann Qui-Gon sich Sorgen zu machen. Obi-Wan war heute Morgen verschwunden. Er hoffte, dass sein Padawan nicht in das verwickelt war, was da vor sich ging. Er griff nach der Macht und versuchte, Verbindung mit Obi-Wan aufzunehmen. Aber er spürte nichts. Keine Spannung, keine Verwirrung, keine Sicherheit. Nur ... ein Nichts.

Als Gueni sich wieder der Gruppe zuwandte, sah er angespannt aus. „Es kommen Meldungen herein, dass zwei Deflektor-Türme im Daan-Sektor gesprengt wurden."

Einer der Daan-Kämpfer griff nach seiner Waffe. „Ich wusste es! Diese dreckigen Melida ..."

„Nein!", rief Gueni scharf. „Es waren Die Jungen."

Langsam senkte sich die Hand des Daan-Kriegers wieder. Auch ein Melida, der nach seiner Waffe greifen wollte, hielt inne. Alle murmelten wild durcheinander.

„Diese Kinder hätten das nicht allein schaffen können! Dahinter stecken die widerlichen Melida!", rief eines der Daan-Ratsmitglieder.

„Die verlogenen Daan sind immer schnell mit unbegründeten Beschuldigungen!", brüllte ein Melida zurück.

Qui-Gon lehnte sich an die Wand und wartete das Ende des Streites ab. Manchmal war es besser, sich zurückzulehnen und die Entwicklung der Ereignisse abzuwarten.

Comlinks begannen zu piepen. Melida wie Daan sprachen mit schockierten Mienen hinein. Es kamen immer neue Berichte von beiden Seiten. Die Türme fielen, einer nach dem anderen. Zuerst am Stadtrand, dann im Zentrum. Die Explosionen kamen näher, als die letzten Türme gesprengt wurden.

„Die Jungen strömen vom Land in die Stadt", berichtete Gueni überrascht. „Die Stadt ist jetzt offen. Ohne Verteidigung. Und sie sind bewaffnet."

Melida und Daan sahen einander an. Nun wussten sie, dass die Gefahr, die sie bedrohte, ernst war.

„Seht ihr jetzt, dass ihr euch zusammentun müsst?", fragte Qui-Gon ruhig. „Die Jungen wollen nur Frieden. Ihr könnt ihnen Frieden geben. Wollt ihr eure Stadt nicht wieder aufbauen?"

„Sie sagen, dass sie Frieden wollen, aber sie zetteln einen Krieg an", sagte Wehutti boshaft. „Nun, wir können ihnen einen Krieg bieten, auf den unsere Ahnen stolz wären. Wir haben vielleicht ein paar unserer Waffen verloren, aber wir sind nicht wehrlos."

„Und auch wir haben noch Waffen", sagte einer der Daan schnell. „Heute Nachmittag treffen Lieferungen aus unseren Lagern außerhalb der Stadt ein."

„Sie werden beim geringsten Anzeichen von Widerstand aufgeben", warf eine Frau aus den Reihen der Melida ein. „Wir können sie bekämpfen."

„Aber nicht gemeinsam", erklärte Wehutti. „Die glorreichen Melida können sie ohne die Hilfe der Daan besiegen."

„Überschätzt euch wenigstens dieses eine Mal nicht", sagte Qui-Gon scharf. „Ihr habt keine Waffen. Ihr habt keine Luftunterstützung. Ihr habt eine Armee aus Alten und Verwundeten. Denkt doch daran, was ihr gesagt habt. Sie sind zu tausenden!"

Auf beiden Seiten des Raumes wurde es still. Wehutti und Gueni tauschten Blicke aus. Qui-Gon konnte unter dem überkochenden Misstrauen entdecken, dass ihr Widerstand zusammenbrach.

„Vielleicht hat der Jedi Recht", sagte Gueni zögernd. „Ich sehe nur einen Weg, sie zu besiegen. Wir müssen unsere Armeen und Waffen vereinen. Aber die Jedi müssen uns anführen."

Wehutti nickte langsam. „Nur so können wir sicher sein, dass sich die Daan nicht gegen uns wenden, wenn der Kampf erst gewonnen ist."

„Auch für uns ist das die einzige Garantie", sagte Gueni. „Wir können dem Wort der Melida nicht trauen."

Qui-Gon schüttelte den Kopf. „Ich bin nicht hierher gekommen, um euch in den Kampf zu führen. Ich bin gekommen, um euch dazu zu bewegen, einen Weg zum Frieden zu finden."

„Es gibt aber keinen Frieden!", rief Wehutti. „Die Jungen haben den Kampf gewählt."

„Das sind eure Kinder!", stieß Qui-Gon hervor. Angesichts der hartnäckigen Sturheit beider Parteien hatte er seine Geduld verloren. Er beruhigte seine Stimme und fuhr fort. „Zuallererst einmal: Ich werde keine Kinder töten. Warum wollt ihr das tun?" Er wandte sich an Wehutti. „Was ist mit Cerasi? Wäret ihr bereit, gegen Eure eigene Tochter in den Kampf zu ziehen?"

Wehutti wurde bleich. Seine geballte Faust öffnete sich.

„Mein Enkel Rica lebt unter der Erde", sagte Gueni.

„Ich habe meine Deila seit Jahren nicht mehr gesehen", erklärte eine Melida-Frau mit leiser Stimme.

Andere Daan und Melida sahen unsicher aus. Eine lange Pause entstand.

„In Ordnung", sagte Wehutti schließlich. „Wenn Ihr Euch als unser Botschafter zur Verfügung stellt, werden wir die Gespräche mit den Jungen eröffnen."

Gueni nickte. „Die Daan stimmen zu. Ihr habt Recht, Qui-Gon. Wir können keinen Krieg gegen unsere Kinder führen."

Kapitel 17

„Wir werden uns nicht mit ihnen treffen", sagte Nield wie wild zu Qui-Gon. „Ich weiß, was ihre Versprechen wert sind. Ihre Zustimmung zu einem Treffen ist ein Ablenkungsmanöver. Sie werden uns erzählen, dass wir unsere Waffen ablegen sollen. Und dann werden die Kämpfe erneut beginnen. Die Kapitulation kommt zu früh. Wenn wir jetzt einlenken, denken sie, dass wir zu schwach sind."

„Sie wissen, dass ihr sie in die Ecke gedrängt habt", erklärte Qui-Gon. „Sie sind bereit für Gespräche. Ihr hattet Erfolg, Nield. Jetzt macht etwas aus eurem Sieg."

Cerasi verschränkte ihre Arme. „Wir waren nicht erfolgreich, weil wir uns wie Narren verhalten haben, Qui-Gon."

Qui-Gon wandte sich mit einem Seufzer ab. Er hatte mit Nield und Cerasi diskutiert, seit er zurückgekehrt war. Es hatte nichts genutzt. Die Situation war ihm ohnehin entglitten.

Obi-Wan saß an dem provisorischen Tisch und sah ihnen zu. Er hatte seine Meinung für sich behalten, hatte nicht versucht, Nield und Cerasi zu überzeugen. Qui-Gon hatte das mit Überraschung zur Kenntnis genommen. Obi-Wan hatte den Frieden für den Planeten gewollt. Weshalb hielt er sich jetzt zurück? Einmal mehr fand Qui-Gon, als er Verbindung mit seinem Padawan aufnehmen wollte, ein Nichts.

Das Hauptquartier war jetzt voller Jungen und Mädchen, die vom Land gekommen waren. Immer mehr sammelten sich an der Oberfläche, in Parks und auf Plätzen. Die Jungen hatten sich mobilisiert, brachten alles an Nahrungsmitteln zusammen, was sie finden konnten und bauten eine Versorgungslinie auf. Es würde den ganzen Tag dauern, allen zu essen zu geben, aber sie würden es schaffen.

„Wie habt ihr die Deflektor-Türme gesprengt?", fragte Qui-Gon Nield und Cerasi neugierig. Das war eine Frage, die in ihm bohrte, seit er davon gehört hatte. „Ihr müsst sie aus der Luft beschossen haben. Aber Schweber hätten das nicht schaffen können. Ihr müsst ..."

Er sprach nicht weiter. Er drehte sich zu Obi-Wan. Langsam schob Obi-Wan seinen Stuhl zurück. Qui-Gon hörte das Scharren auf dem Steinboden. Dann stand Obi-Wan auf. Er war völlig ruhig und schaute nicht weg. Er sah Qui-Gon direkt an.

„Also warst du es", sagte Qui-Gon. „Du hast den Raumjäger genommen. Du hast ihn genommen, obwohl du wusstest, dass er unsere einzige Möglichkeit war, den Planeten zu verlassen. Du hast ihn genommen, obwohl du wusstest, dass er Tahls einzige Rettung war."

Obi-Wan nickte.

Cerasi und Nield sahen von einem Jedi zum anderen. Cerasi wollte etwas sagen, überlegte es sich aber anders. Die Spannung zwischen Qui-Gon und Obi-Wan war deren Privatsache.

„Komm bitte mit mir, Obi-Wan", sagte Qui-Gon knapp.

Er ging mit ihm in einen angrenzenden Tunnel, wo er ungestört mit ihm reden konnte. Er wartete ein paar Sekunden, um sich zu sammeln. Bitterkeit hatte hier keinen Platz. Und dennoch fühlte er, wie sie in ihm kochte. Obi-Wan hatte sein Vertrauen gebrochen.

Er wusste nicht, was er sagen sollte. Seine Emotionen überwältigten ihn. Qui-Gon hatte Mühe, sich sein Tempel-Training wieder ins Gedächtnis zu rufen. Er würde seinen Padawan gemäß der Jedi-Regeln zurechtweisen. Zuerst würde er den Vorwurf äußern. Es war die Pflicht des Meisters, dies ohne Urteil zu tun.

Dankbar, eine Art Leitfaden zu haben, begann Qui-Gon mit einem tiefen Atemzug. „Du bist angewiesen worden, nicht Partei zu ergreifen."

„Ja", gab Obi-Wan ruhig zurück. Es war die Pflicht des Padawan, sein Vergehen ohne Diskussion einzugestehen.

„Du bist angewiesen worden, jederzeit zum Aufbruch zur Verfügung zu stehen."

„Ja", antwortete Obi-Wan.

„Du wurdest angewiesen, dass deine volle Aufmerksamkeit Tahls Gesundheit gilt. Dennoch hast du ihre Gesundheit gefährdet, indem du unser einziges Transportmittel für eine gefährliche Mission benutzt hast."

„Ja", stimmte Obi-Wan zu.

Qui-Gon schluckte schwer. „Indem du all das getan hast, hast du nicht nur Tahl gefährdet, sondern auch den Friedensprozess auf Melida/Daan."

Obi-Wan zögerte zum ersten Mal. „Ich habe den Friedensprozess unterstützt ..."

„Das ist deine Interpretation", unterbrach ihn Qui-Gon. „Das war nicht dein Auftrag. Dein Meister und Jedi-Meister Yoda haben beschlossen, dass eine Einmischung in diesem Stadium bei den Melida oder bei den Daan nur zu Vorurteilen führen kann und damit den Friedensprozess behindert. Das hat man dir gesagt. Stimmt das, Obi-Wan?"

„Ja", gab Obi-Wan zu. „Das stimmt."

Qui-Gon schwieg einen Augenblick. Er sammelte sich, um die Jedi-Lehren der Meister-Padawan-Beziehung nochmals zu rekapitulieren. Wie sich die Regeln im Laufe tausender von Jahren entwickelt hatten. Dass der Gehorsamsschwur eines Padawan nichts mit Unterordnung, sondern mit der Erlangung von Weisheit und mit Demut zu tun hatte. Dass er, Qui-Gon, nicht dazu da war, Obi-Wan zu bestrafen oder zu belehren, sondern ihm auf seiner Reise, auf seinem Weg zur Erkenntnis zu helfen, bis der Tag kam, an dem er selbst ein Jedi-Ritter werden würde.

„Das ist mir egal", unterbrach Obi-Wan seine Gedanken.

„Was ist dir egal?", fragte Qui-Gon erstaunt. Normalerweise war ein Padawan nach der Darlegung seines Vergehens still und wartete darauf, dass sein Meister über den nächsten Schritt entschied.

„Es ist mir egal, ob ich die Regeln übertreten habe", erklärte Obi-Wan. „Es war richtig, sie zu brechen."

Qui-Gon holte tief Luft. „Und war es richtig, mein Vertrauen zu missbrauchen?"

Obi-Wan nickte. „Es tut mir Leid, dass ich das tun musste. Aber es war richtig."

Obi-Wans Worte drangen wie ein Schwert in Qui-Gon ein. Mit einem Mal wurde ihm klar, dass er auf diesen Augenblick gewartet hatte, seit er Obi-Wan als seinen Padawan angenommen hatte. Er hatte auf den Verrat gewartet. Den Schlag. Er hatte sein Herz abgehärtet, hatte versucht sich darauf vorzubereiten.

Und doch war er in keinster Weise darauf vorbereitet.

„Qui-Gon, Ihr müsst verstehen", begann Obi-Wan ruhig. „Hier habe ich etwas gefunden. Mein ganzes Leben lang wurde mir gesagt, was richtig ist, was das Beste ist. Der Weg wurde mir gezeigt. Das war ein großartiges Geschenk und ich bin dankbar für alles, was ich gelernt habe. Aber hier auf dieser Welt sind all diese abstrakten Dinge zu etwas ganz Konkretem geworden. Etwas, das ich sehen kann. Etwas Realem." Obi-Wan deutete nach hinten, zum Hauptquartier der Jungen. „Diese Leute sind wie *meine* Leute. Ich fühlte, dass ihre Sache meine Sache ist. Ich fühle mich zu ihnen hingezogen wie zu nichts anderem zuvor."

Qui-Gons Ungläubigkeit wandelte sich zu Ärger und Zorn gegen sich selbst. Obi-Wan war einfach mitgerissen worden. Er hätte sich früher darum kümmern müssen. Er hätte daran denken müssen, dass Obi-Wan nur ein Junge war.

Er suchte seine Worte mit Bedacht. „Die Situation hier bricht einem das Herz. Es ist schwer, einfach davonzulaufen. Deswegen habe ich versucht, die Situation zu bereinigen, bevor wir gehen. Aber wir *müssen* jetzt gehen, Padawan."

Obi-Wans Gesicht wurde wie versteinert.

„Obi-Wan", sagte Qui-Gon sanft, „alles, von dem du denkst, du hättest es hier gefunden, hast du bereits. Du bist ein Jedi. Was du brauchst, ist Abstand und ein wenig Zeit zum Nachdenken."

„Ich muss nicht nachdenken", erklärte Obi-Wan trotzig.

„Es ist deine Entscheidung", sagte Qui-Gon. „Aber dennoch musst du mich zum Tempel begleiten. Ich muss in der Stadt noch ein paar Dinge für Tahl besorgen. Wenn ich zurückkomme, erwarte ich, dass du deine Sachen gepackt hast und bereit zum Aufbruch bist."

Er ging Richtung Haupttunnel. Obi-Wan rührte sich nicht.

„Komm, Padawan", sagte Qui-Gon.

Widerwillig trottete Obi-Wan hinter ihm her. Qui-Gon spürte, dass er von Sorge erfüllt war. Etwas in Obi-Wan war verschlossen, etwas, das er bei seinem Padawan noch nie zuvor gespürt hatte. Es würde gut sein, zum Tempel zurückzukehren, wo Yodas Weisheit und die ruhige Umgebung Obi-Wan helfen würden, seine geistige Mitte wieder zu finden.

Qui-Gon hörte ein Brüllen vom Haupttunnel. Stimmen riefen, Schritte donnerten auf dem Steinboden. Er beschleunigte sein Tempo und rannte in den großen Raum. Obi-Wan war direkt hinter ihm.

Nield wirbelte herum und sah sie an. „Das Angebot zu verhandeln war ein Trick. Die Älteren haben angegriffen."

Kapitel 18

Chaos herrschte in den Tunneln. Die Durchgänge waren voller Menschen. Kinder versuchten, dem Kampf an der Oberfläche zu entkommen. Manche waren verwundet. Andere versuchten hektisch, sich für einen Gegenangriff zu bewaffnen. Hunderte der Jungen waren oben in Parks und auf Plätzen gefangen. Sie brauchten Verstärkung.

„Wir brauchen Heiler und Nachschub an Waffen", sagte Cerasi.

„Wir müssen hart zurückschlagen!", brüllte Nield.

Obi-Wan ging schnell zu Cerasi und Nield. Qui-Gon sah Besorgnis in den Gesichtern der drei. Es war in Ordnung, dass sein Padawan half, so lange er konnte.

Doch sie mussten Tahl sofort vom Planeten transportieren. Das war jetzt absolut vordringlich.

Qui-Gon ging zu ihr. Sie saß aufrecht auf ihrem Lager und horchte aufmerksam auf das, was um sie herum vor sich ging.

Er hockte sich an ihre Seite. „Ich hatte gehofft, in die Stadt zu kommen, um noch Medizin zu besorgen und einen Gleiter zu borgen. Ich denke, das ist jetzt unmöglich.

Ein Krieg hat begonnen und wir müssen sofort aufbrechen."

Sie nickte. „Es ist in Ordnung. Ich kann gehen, Qui-Gon. Eure Medizin hat mir bereits geholfen. Ich kann es schaffen, wenn Ihr mich führt."

Qui-Gon sammelt ihre Habe zusammen. Sie hatten ihre Survival-Packs verloren, doch er hatte in den letzten Tagen ein paar Nahrungsmittel besorgt. Er hatte sie in eine Tasche getan, die Cerasi ihm gegeben hatte.

Als er sich umdrehte, um nach Obi-Wan zu sehen, war der Junge weg.

Cerasi und Nield waren ebenfalls verschwunden. Qui-Gon ließ die Tasche fallen und suchte in den angrenzenden Tunneln. Er ging, so weit er konnte, doch er verschwendete seine Zeit. Obi-Wan war höchstwahrscheinlich mit Cerasi und Nield nach oben gegangen.

Vielleicht dachte er, dass Qui-Gon noch mehr Nahrungsmittel brauchte, wie er es Obi-Wan gesagt hatte. Vielleicht plante Obi-Wan, ihn am Raumjäger zu treffen. Der Junge hatte wieder seine Anweisung missachtet. Aber Qui-Gon war sicher, dass Obi-Wan am Raumjäger erscheinen würde.

Er hatte jedenfalls keine Zeit mehr zu verlieren. Er holte seine Tasche, half Tahl aufzustehen und ging durch die Tunnel zum Rand von Zehava.

Der Geruch von Rauch und das Echo der Schreie waren in der Luft, als Obi-Wan, Cerasi und Nield an die Oberfläche kletterten. Sie gingen hinter einer Mauer in Deckung. Raumjäger kreisten über ihnen und schossen im Tiefflug über den Park, in dem Die Jungen sich versammelt hatten. Kinder rannten in Deckung oder versuchten die Jäger mit Schulter-Torpedowerfern abzuschießen. Doch die Raumjäger blieben außer Reichweite.

„Sie verschwenden nur Munition!", rief Nield.

„Sie müssen die Raumjäger von einer anderen Basis eingeflogen haben", sagte Cerasi. „Oder sie hatten vielleicht irgendein Versteckt, von dem wir nichts wussten. Wir können sie nicht vom Boden aus bekämpfen!"

Obi-Wan hielt sich an der Mauer fest. Ein Raumjäger kam im Tiefflug angeschossen. Er sah schnelles Feuer von der Bug-Feuerkapsel. Blasterfeuer schlug ins Gras. Ein junges Mädchen rannte in Deckung. Ein Junge hatte weniger Glück. Das Feuer traf ihn ins Bein und er stürzte. Bevor Obi-Wan reagieren konnte, zog jemand den Jungen in Sicherheit. Schmerz durchfuhr Obi-Wan. Die Jungen waren wehrlos!

Cerasi schloss verzweifelt die Augen, so als könne sie es nicht ertragen, noch mehr zu sehen. „Wir müssen dem eine Ende setzen", sagte sie wie betäubt.

„Es sind nur drei Raumjäger", erklärte Obi-Wan, als er den Himmel absuchte.

„Das ist genug", sagte Nield grimmig. „Wir müssen uns organisieren. Sie werden uns aus der Stadt vertreiben, wenn wir nichts unternehmen!"

Nield wandte sich an Obi-Wan. „Wir brauchen dein

Raumschiff noch einmal, mein Freund. Wir müssen sie aus der Luft bekämpfen. Mit deinen Fähigkeiten können wir sie abschießen, genauso wie die Deflektor-Türme."

Obi-Wan sah seine Freunde erschrocken an. „Ihr sagtet, ihr würdet mich nie mehr darum bitten, Qui-Gons Anweisungen zu missachten."

„Aber es hat sich alles verändert, Obi-Wan", flehte Cerasi. „Sieh dich um. Kinder sterben. Wir verlieren alles, wenn wir sie nicht aus der Luft bekämpfen." Tränen liefen Cerasis Wangen herab. „Bitte."

In Obi-Wans Ohren klangen die Schreie verzweifelter Kinder. Obwohl er hinter der Mauer in Sicherheit war, fühlte er sich, als hätte Blasterfeuer seinen Körper durchbohrt. Er war in zwei Teile zerrissen. Alles, was er kannte, von dem er gedacht hatte, es wäre wichtig, war zerbrochen. Seine Jedi-Ausbildung lag in Scherben. Doch das bedeutete nichts im Vergleich zu dem, was jetzt um ihn vorging.

Er zuckte zusammen, als ein Protonen-Torpedo detonierte. Dreck wurde in die Luft geschleudert und regnete auf sie herab.

„Obi-Wan!", rief Nield. „Du musst dich entscheiden!"

Tränen rollten durch den Schmutz über Cerasis Gesicht. Sie schwieg. Ihre Schultern bebten, als ein Kind vor Schmerz aufschrie.

Obi-Wan wurde klar, dass er bereits gewählt hatte. Er konnte sich von diesem Leid nicht abwenden. Er konnte seinen Freunden nicht den Rücken kehren. Auch nicht, wenn es ihn alles kosten würde. Er würde es opfern. Und noch mehr.

„Ich komme zurück", versprach Obi-Wan und ging los.

Kapitel 19

Obi-Wan lief ohne Pause. Er musste vor Qui-Gon zum Schiff gelangen. Er wollte keine Auseinandersetzung. Was würde er tun, wenn Qui-Gon versuchte ihn aufzuhalten? Er verdrängte den Gedanken. Er musste nur zuerst dort ankommen. Tahl würde Qui-Gon ein langsameres Tempo aufzwingen.

Doch er hatte die Geschwindigkeit zweier Jedi-Ritter unterschätzt. Als er den Weg zur Schlucht hinunter lief, sah er, wie Qui-Gon das letzte der Tarnblätter entfernte. Tahl musste bereits an Bord sein.

Er wurde langsamer, als Qui-Gon ihn sah. Obi-Wan sah die Erleichterung auf dem Gesicht seines Meisters. Qui-Gon dachte, er wäre gekommen, um mit ihm zum Tempel zurückzukehren. Der Jedi-Ritter wartete an der Zugangsrampe.

Obi-Wan gab Qui-Gon keine Gelegenheit zu sprechen. Er würde es nicht ertragen können seine Begrüßung zu hören.

„Ich bin nicht hier, um mit Euch zu gehen", erklärte er. „Ich bin wegen des Raumjägers gekommen."

Der stumme Gruß in Qui-Gons Blick verschwand. Seine Gesichtszüge erstarrten zu einer Maske.

„Tahl ist an Bord", sagte Qui-Gon. „Ich bringe sie nach Coruscant."

„Ich werde das Schiff zurückbringen", begann Obi-Wan. „Ich brauche es jetzt. Wenn Ihr hier warten könntet ..."

„Nein", sagte Qui-Gon ärgerlich. „Nein, Padawan. Ich werde dir deinen Verrat nicht einfach machen. Wenn du diesen Schritt gehen willst, sollst du wissen, wie schwer er ist."

Keiner von ihnen bewegte einen Muskel. Und dennoch wusste Obi-Wan, dass Qui-Gon genauso zum Kampf bereit war wie er selbst. Die Macht umgab ihn, doch es war eine gestörte Macht, weder dunkel noch hell. Er versuchte sie zu ertasten, schaffte es aber nicht. Es war, als versuche man, eine Hand voll feinem Sand zu halten, der durch die Finger rann.

Er hatte keine Wahl. Die Welt um ihn herum starb. Er musste sie retten. Er musste gegen Qui-Gon kämpfen.

Obi-Wan griff nach seinem Lichtschwert. Qui-Gon reagierte einen Sekundenbruchteil später. Dank seiner Schnelligkeit war sein Lichtschwert im selben Moment aktiviert wie das von Obi-Wan.

Qui-Gons grüner Lichtstrahl schoss hoch und glühte im Dämmerlicht. Obi-Wan spürte sein Lichtschwert in seiner Hand pulsieren. Qui-Gon behielt den Blick auf Obi-Wan.

Dies war der Augenblick. Er musste nur einen Schritt nach vorn machen und seinen Meister herausfordern. Er musste nur einen einzigen Muskel bewegen und sein Meister würde es als Angriffsbewegung interpretieren. Dann würde der Kampf beginnen.

Obi-Wan sah Qui-Gon in die Augen und spürte dieselbe Furcht, die auch er spürte. Er spürte, wie etwas in ihm zerbrach. Seine Entschlossenheit wurde schwächer. Er konnte es nicht tun.

Sie senkten gleichzeitig ihre Waffen. Die Lichtschwerter deaktivierten sich mit einem leisen Summgeräusch.

Einen Augenblick hörte Obi-Wan nur den Wind, der durch die Schlucht heulte.

„Du musst dich entscheiden", sagte Qui-Gon ruhig. „Du kannst jetzt mit mir gehen oder bleiben. Aber du musst wissen, dass du kein Jedi mehr bist, wenn du bleibst."

Kein Jedi mehr. War er bereit diesen Schritt zu tun? War er so weit gekommen?

Der Augenblick dehnte sich aus, wurde für Obi-Wan unendlich lang. Zeit bedeutete nichts. Er hatte gebeten, unter diesem Mann zu studieren, von ihm zu lernen, ihn verteidigen und ihn unterstützen zu dürfen. Und die Auseinandersetzung mit ihm erschien ihm plötzlich unwirklich. Wie war er bis hierher gekommen? Was tat er nur?

Er war verwirrt. Doch sah er auch Cerasis wild leuchtende Augen, hörte Nields flammende Worte. Er roch noch immer den Geruch des Kampfes, hörte die verzweifelten Schreie. Er sah verbarrikadierte Straßen und Ältere, die vom Hass zu sehr geblendet waren, um zu erkennen, dass sie ihren Planeten vernichteten, mit einem blutigen Kampf nach dem anderen. Er sah, wie sie ihre eigenen Kinder töteten.

Er musste Qui-Gon von dem Kampf erzählen, den er gesehen hatte. Er musste es versuchen. Aber er hatte es schon einmal versucht. Qui-Gon hatte Recht. Er musste sich entscheiden.

Er ruhte in sich voller Zuversicht und spürte, wie seine Verwirrung verschwand. Hier auf Melida/Daan hatte er eine Realität kennen gelernt, die stärker als alles war, was er bisher gesehen hatte.

„Ich habe hier etwas Wichtigeres gefunden als den Jedi-Kodex", erklärte Obi-Wan. „Etwas, wofür es sich nicht nur lohnt zu kämpfen, sondern sogar zu sterben."

Obi-Wan gab Qui-Gon sein Lichtschwert. „Ihr mögt gehen, Qui-Gon Jinn. Aber ich werde bleiben."

Es war, als hätten ihn die Worte ins Gesicht getroffen, so zuckte Qui-Gon zusammen. Er starrte schweigend auf Obi-Wans Lichtschwert in seiner Hand. Ein schwerer Kampf schien im kräftigen Körper des Jedi vor sich zu gehen.

Obi-Wan hatte ihn verletzt. Er wünschte, er könnte die Worte zurücknehmen. Doch das konnte er nicht. Sie waren ausgesprochen. Und er hatte gemeint, was er gesagt hatte.

Qui-Gon sah ihn nicht an. Er sagte kein Wort. Er wandte sich ab und ging die Rampe hinauf in den Raumjäger.

Obi-Wan ging ein paar Schritte zurück, als das Triebwerk startete. Der Raumjäger stieg aus der Schlucht und schoss in die obere Atmosphäre.

Er blieb stehen und blickte hinterher, bis der Jäger außer Sichtweite war. Dann drehte sich Obi-Wan um. Er lief schnell den Weg entlang, zurück nach Zehava und in sein neues Leben.

Cerasi und Nield warteten.

Glossar

Bicha
Vater von ➢ Pinani.

Bin
Eine Stadt der ➢ Daan, Ziel einer der vielen Vergeltungsschläge der ➢ Melida.

Blaster
Die meistgebrauchte Waffe in der ➢ Galaxis. Es existieren viele Varianten von Pistolen und Gewehren. Blaster emittieren Strahlen aus Laserenergie.

Cerasi
Ein Mädchen von ungefähr ➢ Obi-Wans Alter auf ➢ Melida/Daan. Gemeinsam mit ➢ Nield führt sie ➢ Die Jungen an.

Comlink
Ein Kommunikationsgerät, mit dem man Gespräche, Bilder und wissenschaftliche Daten übertragen kann.

Coruscant
Planet und offizieller Sitz des ➢ Galaktischen Senats sowie des ➢ Jedi-Tempels. Coruscant ist eine einzige riesige Stadt; jeder Quadratmeter des Planeten ist bebaut. Co-

ruscant liegt im Galaktischen Zentrum und markiert die Koordinaten Null-Null-Null im Navigations-Koordinatensystem.

Daan
➢ Melida/Daan.

Deflektor-Turm
Der Deflektor-Turm erzeugt ein Kraftfeld, das Deflektor- oder auch Partikelschild genannt wird. Es kann sowohl feste Objekte abwehren als auch Energie absorbieren und schützt somit alles, was innerhalb seines Wirkungsbereiches liegt.

Deila
Ein großes, dünnes Mädchen. Mitglied der ➢ Jungen.

Droiden
Roboter, die für nahezu jede nur vorstellbare Aufgabe in der ➢ Galaxis eingesetzt werden. Form und Funktion der Droiden variieren stark.

Durastahl
Ein sehr hartes und ultraleichtes Metall, das höchsten mechanischen Beanspruchungen und Temperaturschwankungen standhält. Es wird sehr oft im Raumschiff- und Häuserbau eingesetzt.

Elektro-Fernglas
Tragbares Sichtgerät, mit dem man unter fast allen Lichtverhältnissen weit entfernte Objekte beobachten kann. Ein eingespiegeltes Display zeigt Entfernung zum Objekt, Höhe über Normalnull, Azimut usw. an. Die Elektro-Ferngläser sind aufgrund ihrer computerge-

stützten Optik sehr flexible Instrumente.

Elektro-Jabber
Ein handliches Gerät, mit dem sich Elektroschocks verschiedener Intensität austeilen lassen. Der Elektro-Jabber wirkt nur bei Berührung und wird gern von Wachen und Folterknechten benutzt. Er ist auch als Elektro-Schocker oder Elektro-Pike bekannt.

Elektro-Pike
Anderer Ausdruck für ➢ Elektro-Jabber.

Gala
Ein Planet, der von korrupten Herrschern in Armut getrieben wurde und von dem ➢ Obi-Wan Kenobi und ➢ Qui-Gon Jinn nach einer erfolgreichen Mission nach ➢ Melida/Daan aufbrechen.

Galaktischer Senat
Der Galaktische Senat tagt regelmäßig in einem riesigen, amphitheaterähnlichen Gebäude auf ➢ Coruscant, wo tausende von Senatoren aus allen Welten der ➢ Galaktischen Republik den Sitzungen beiwohnen.

Galaxis
Eine Ballung von Milliarden von Sternen. Galaxien sind in Galaxienhaufen, diese wiederum in so genannten Superhaufen organisiert. Die Entfernungen zwischen den einzelnen Galaxien ist jedoch dermaßen groß, dass sie bislang nicht überwunden werden konnten.

Garth
Ein ➢ Daan-Dorf nördlich von ➢ Zehava, Heimat von ➢ Terandi.

Gueni
Ein führendes Mitglied des Rates der ➢ Daan. Gueni muss aufgrund einer seiner vielen im Kampf erlangten Verletzungen eine Atemmaske tragen.

Hallen der Zeugen
Große, fensterlose Gebäude aus schwarzem Fels, die auf ➢ Melida/Daan von beiden verfeindeten Völkern gebaut werden, um das Andenken an ihre Ahnen und an die ihnen zuteil gewordenen Gräueltaten aufrecht zu erhalten. In den Hallen werden ➢ Hologramme mit Geschichten der Verstorbenen aufbewahrt.

Herut
Ein Scharfschütze der ➢ Melida.

Hologramm
Ein bewegliches dreidimensionales Bild, das an einen beliebigen anderen Ort zum Zweck der interaktiven audiovisuellen Kommunikation übertragen werden kann. Am Empfangsort erscheint das Hologramm als geisterhafte Projektion im Raum. Je nach Ausführung des Holo-Projektors kann das Hologramm in der Größe variieren.

Hutt-Cantina
Ein typisches Lokal der Hutts, einer echsenhaften Spezies vom Planeten Varl. Die Hutts sind im allgemeinen als bösartige Gangster und ekelhafte Wesen bekannt.

Infrarot-Elektro-Fernglas
➢ Elektro-Fernglas.

Ionen-Triebwerk
Das Ionen-Triebwerk erhält seine Rückstoßkraft vom Freiwerden ionisierter Energie und dient für die meisten Raumschiffe als konventioneller Unterlicht-Antrieb.

Iris-Scanner
Ein Gerät, mit dem auf optischen Wege die Iris eines davor gehaltenen Auges abgetastet wird. Da eine Iris noch unverwechselbarer ist als ein Fingerabdruck, werden Iris-Scanner meist als Identifikationseinrichtungen an Schlössern benutzt.

Jedi-Kodex
Die Regeln, nach denen die ➢ Jedi-Ritter leben. Es gibt geschriebene und ungeschriebene Gesetze, die über die Jahrtausende von den Meistern an ihre Schüler weitergegeben werden.

Jedi-Meister
Sie sind die ➢ Jedi-Ritter, die den höchsten Ausbildungsstand erreicht haben und selbst junge ➢ Jedi-Padawane ausbilden.

Jedi-Padawan
Ein junger Jedi-Anwärter, der von einem ➢ Jedi-Meister als dessen persönlicher Schüler angenommen wurde. Ein Jedi-Schüler, der bis zu seinem dreizehnten Geburtstag von keinem Jedi-Meister als Padawan angenommen wurde, kann nicht mehr zum ➢ Jedi-Ritter ausgebildet werden.

Jedi-Ritter
Die Hüter von Frieden und Gerechtigkeit in der

➢ Galaxis. Jedi-Ritter zeichnen sich durch eine besonders gute Beherrschung der ➢ Macht aus und haben sich vor Jahrtausenden zu einem Orden zusammengeschlossen.

Jedi-Tempel
Der riesige Jedi-Tempel ist Sitz des ➢ Rates der Jedi auf ➢ Coruscant. Hier werden auch die jungen Jedi-Schüler ausgebildet.

Jungen, die
Eine Vereinigung von Kindern und Jugendlichen auf ➢ Melida/Daan, die sich in der Kanalisation von ➢ Zehava und auf dem Land zusammengeschlossen haben, um den Kriegsdienst zu verweigern. Die Jungen treten gegen den Willen der Älteren für den Frieden ein.

Kejas
Ein Scharfschütze der ➢ Melida.

Landgleiter
Ein Repulsor-getriebenes Fahrzeug zur Fortbewegung über Land. Es gibt allerlei Ausführungen und Größen, die sich im Allgemeinen ca. 0,5–1 m über dem Boden schwebend und recht schnell bewegen können. Kleine Landgleiter werden oft auch als Schweber bezeichnet.

Lichtschwert
Die Waffe eines ➢ Jedi-Ritters. Die Klinge besteht aus purer Energie. Jedi-Ritter lernen im Laufe ihrer Ausbildung, diese Schwerter eigenhändig herzustellen. Es gibt verschiedene Versionen mit fest stehender Amplitude und Klingenlänge sowie

solche, bei denen sich diese Parameter mittels eines Drehschalters verändern lassen. Lichtschwerter werden bisweilen auch als Laserschwerter bezeichnet.

Location-Sensor
Ein Sensor, der Bewegungen im Raum feststellen kann und diese an ein Meldesystem weitergibt. Mit dieser Kombination lassen sich Aufenthaltsorte von Personen kontrollieren.

Macht
Die Macht ist ein gleichermaßen mystisches wie natürliches Phänomen: ein Energiefeld, das die ➢ Galaxis durchdringt und alles miteinander verbindet. Die Macht wird von allen Lebewesen erzeugt. Wie alle Energieformen, kann die Macht manipuliert werden. Vor allem die ➢ Jedi-Ritter beherrschen diese Kunst. Ein Jedi-Ritter, der die Macht beherrscht, hat besondere Fähigkeiten: Er kann beispielsweise entfernte Orte sehen oder Gegenstände und die Gedanken anderer bis zu einem gewissen Maß kontrollieren. Die Macht hat zwei Seiten: Die lichte Seite der Macht schenkt Frieden und innere Ruhe; die dunkle Seite der Macht erfüllt mit Furcht, Zorn und Aggression. Wer sich als Jedi diesen negativen Gefühlen allzu leicht hingibt, steht in Gefahr, der dunklen Seite der Macht zu verfallen.

Medpac
Standardpackung mit medizinischen Versorgungs-

gütern wie Medikamenten, Verbandsmitteln etc.

Melida/Daan
Ein Planet, auf dem seit Jahrtausenden Zwist zwischen den beiden Völkern Melida und Daan herrscht. Der eigentliche Streitgrund ist längst vergessen, doch der blutige Krieg zwischen den Völkern flammt immer wieder auf. Da sogar über den Namen der Welt Uneinigkeit herrscht, benutzt der ➢ Galaktische Senat beide Bezeichnungen, geschrieben mit einem Schrägstrich, als Kompromiss.

Micae
Ein Daan-Krieger, der in einer der vielen Schlachten um ➢ Zehava auf ➢ Melida/Daan sein Leben verlor und seine Geschichte in einer der ➢ Hallen der Zeugen erzählt.

Moahdi
Ein Scharfschütze der ➢ Melida.

Muja-Frucht
Essbare, süße Frucht.

Nield
Der entschlossene Anführer der ➢ Jungen.

Noori
Heimatplanet der ➢ Jedi-Ritterin ➢ Tahl.

Obi-Wan Kenobi
Obi-Wan ist ein dreizehnjähriger Junge, der von ➢ Qui-Gon Jinn nach langem Zögern als ➢ Jedi-Padawan angenommen wurde.

Padawan
➢ Jedi-Padawan.

Partikelschild
➢ Deflektor-Turm.

Pinani
Ehefrau von ➢ Quintana.

Plastoid-Panzerung
Eine Panzerung aus Plastoid, einem Thermo-geformten, widerstandsfähigen Kunststoffmaterial.

Protonengranate
Ähnlich wie der ➢ Protonentorpedo streut diese Handgranate bei der Explosion freie Protonen, was sie sehr wirkungsvoll macht.

Protonentorpedo
Ein Geschoss, das von Raumschiffen oder auch Personen aus speziellen Werfern abgefeuert werden kann. Der Protonentorpedo erhält seine Zerstörungskraft aus dem Protonen streuenden Sprengkopf und kann durch ➢ Partikelschilde abgelenkt werden.

Protonentreibstoff
Ein Treibstoff, der seine Energie durch das Freiwerden von streuenden Protonen abgibt und für die verschiedensten Antriebsarten verwendet wird.

Qui-Gon Jinn
Qui-Gon ist ein erfahrener ➢ Jedi-Meister, der seine Fähigkeiten auf vielen Missionen unter Beweis gestellt hat. Nach langem Zögern hat er ➢ Obi-Wan Kenobi als ➢ Jedi-Padawan angenommen.

Quintama
Ein ➢ Melida-Captain, der in einem der vielen vergangenen Kämpfe um die

Stadt ➢ Zehava sein Leben verlor und seine Geschichte in einer der ➢ Hallen der Zeugen erzählt.

Renei
Sohn von ➢ Quintama.

Repulsor
Antriebssystem für Boden- und Raumfahrzeuge, das ein Kraftfeld erzeugt (Repulsorlift-Feld). Der hierbei entstehende Antischwerkraftschub ermöglicht die Fortbewegung von Boden-, Luftgleitern und Düsenschlitten. Sternjäger und Raumschiffe nutzen Repulsoren auch als zusätzliches Schubkraftsystem, etwa beim Andocken oder beim Flug in der Atmosphäre.

Rica
Enkel von ➢ Gueni.

Roenni
Ein stilles Mädchen, Mitglied der ➢ Jungen.

Scavenger-Jungen
Die auf dem Land lebenden ➢ Jungen.

Sonie
Mutmaßliche Tante von ➢ Cerasi.

Survival-Pack
Eine Tasche mit allen zum Überleben in der freien Wildbahn notwendigen Gegenständen in komprimierter Form wie Nahrungsmitteln, Schutzkleidung und den nötigsten Medikamenten.

Synth-Haut
Künstlich hergestelltes Gewebe, das als Ersatz für Originalgewebe bei der Wundbehandlung benutzt wird. Es verwächst im

Lauf der Zeit mit dem Originalgewebe.

Tahl
Eine ➢ Jedi-Ritterin die aufgrund ihrer diplomatischen Fähigkeiten von ➢ Yoda auf den Planeten ➢ Melida/Daan geschickt wurde und dort vermisst ist. ➢ Qui-Gon Jinn und ➢ Obi-Wan Kenobi sollen sie retten.

Terandi von Garth
Vater von ➢ Micae.

Thermo-Detonator
Eine meist in Form von Handgranaten hergestellte Bombe, die trotz ihrer geringen Größe eine hohe zerstörerische Wirkung durch Explosionen von sehr hoher Hitze besitzt.

Tiraca
Mutter von ➢ Pinani.

Towan
Ein junger ➢ Daan und Mitglied der ➢ Jungen.

Turbo-Traktor
Überbegriff für ein rückstoßgetriebenes Arbeitsgefährt. Es existieren Turbo-Traktoren der verschiedensten Bauweisen und Größen, die meist für landwirtschaftliche Arbeiten werden.

Veda
Die Königin des Planeten ➢ Gala.

Vibro-Waffen
Handwaffen, die es in vielen Varianten (Vibro-Axt, Vibro-Dolch, Vibro-Messer) gibt. Ein Ultraschallgenerator (Vibro-Generator) im Griff erzeugt Schwingungen, die die Schnittkraft der Klinge erheblich steigern. Die ge-

ringste Berührung kann gefährliche Verletzungen hervorrufen.

Wehutti
Führendes Mitglied des Rates der ➢ Melida. Er hat in einem seiner vielen Kämpfe einen Arm verloren.

Weir-See
See in dem von den ➢ Daan kontrollierten Sektor von ➢ Zehava. Die Daan haben auf dem See eine ➢ Halle der Zeugen gebaut und ihn damit seiner Schönheit beraubt.

Wunana
Tochter von ➢ Quintama.

Yoda
Ein über 800 Jahre altes Mitglied des ➢ Rates der Jedi. Yoda kommt vom Planeten Dagobah, ist nur 70 cm groß, hat Schlitzohren und gilt als besonders weise.

Zehava
Hauptstadt des Planeten ➢ Melida/Daan. Die Stadt steht aufgrund andauernder Kämpfe der verfeindeten Gruppen die meiste Zeit unter Belagerung und ist in zwei Zonen aufgeteilt: das innere Zentrum, in dem die ➢ Daan leben, und den äußeren Ring, der von den ➢ Melida kontrolliert wird.

LUCAS BOOKS
STAR WARS
Neue, aufregende Abenteuer führen den jungen Obi-Wan Kenobi wieder in weit entfernte Galaxien...
ISBN 3-89748-205-3 · DM 9,90
STAR WARS
JEDI-PADAWAN
DIE RÄCHER DER TOTEN
Als Obi-Wan Kenobi auf Melida/Daan zwei Teenager trifft, die gegen die Rächer der Toten kämpfen, ergreift er deren Partei. Qui-Gon Jinn und er stehen nun auf unterschiedlichen Seiten.
STAR WARS
JEDI-PADAWAN
DAS ZEICHEN DER KRONE
Obi-Wan Kenobi und Qui-Gon Jinn werden in einen erbitterten Kampf um Macht und königliche Herrschaft verwickelt. Ihre Mission ist, den wahren Erben der Krone zu finden.
ISBN 3-89748-204-5 · DM 9,90
STAR WARS
JEDI-PADAWAN
DER UNGEWISSE WEG
Obi-Wan ist kein Jedi mehr. Er fühlt sich seinen Freunden, den Anführern der Revolution, verbunden. Doch aus Freunden werden bald Feinde und Obi-Wans Weg scheint immer ungewisser.
ISBN 3-89748-206-1 · DM 9,90
JETZT ÜBERALL, WO'S BÜCHER GIBT
LESEPROBEN:
im Internet unter DinoAG.de
BESTELLSERVICE:
über das Internet (DinoAG.de)
oder beim Dino Leserservice,
Postfach 12 55, D-79420 Heitersheim
(jeder Band DM 9,90
zzgl. Versandkosten)
Dino entertainment
© 1999 Lucasfilm Ltd. & ™.
All rights reserved. Used under authorization.

STAR WARS™ JEDI-PADAWAN
LUCAS BOOKS
Obi-Wan Kenobi sehnt sich danach Jedi-Ritter zu werden. Aber wie soll ihm das gelingen, wenn ihn niemand als Padawan aufnimmt?
STAR WARS JEDI-PADAWAN DIE GEHEIMNISVOLLE MACHT
ISBN 389748-201-0 · DM 9,80
OBI-WAN KENOBI AUF SEINEM WEG VOM SCHÜLER ZUM JEDI-RITTER
STAR WARS JEDI-PADAWAN DER DUNKLE RIVALE
JUDE WATSON
ISBN 389748-202-9 · DM 9,80
Die dunkle Seite der Macht fordert Qui-Gon Jinn heraus – ein früherer Schüler verlangt Rache von ihm.
STAR WARS JEDI-PADAWAN DIE GESTOHLENE VERGANGENHEIT
ISBN 389748-203-7 · DM 9,80
Das Schicksal von Phindar liegt in den Händen von Obi-Wan Kenobi und Qui-Gon Jinn – und ihre einzigen Verbündeten sind eine Bande diebischer Rebellen.
JETZT ÜBERALL, WO'S BÜCHER GIBT!
LESEPROBEN:
im Internet unter DinoAG.de
BESTELLSERVICE:
über das Internet (DinoAG.de) oder beim Dino Leserservice, Postfach 12 55, D-79420 Heitersheim. (jeder Band DM 9,80 zzgl. Versandkosten)
Dino entertainment
© 2000 Lucasfilm Ltd. & ™. All rights reserved. Used under authorization.

STAR WARS™
DIE COMICSERIE
LUCAS BOOKS
JEDEN MONAT NEU
MIT GROSSEM MAGAZINTEIL
NUR DM 5,90
Dino entertainment
© 2000 Lucasfilm Ltd. & ™. All rights reserved. Used under authorization.
www.dinocomics.de